Jo Pestum
Eine diebische Weihnachtsbescherung
Ein Weihnachtskrimi in 24 Kapiteln

Achtung!

Dies ist ein Weihnachtskrimi in 24 spannenden Kapiteln!
Er funktioniert wie ein Adventskalender:
Jeden Tag vom 1. bis zum 24. Dezember kannst du
ein „Türchen", das heißt also ein Kapitel, öffnen. Am
besten du nimmst dazu ein Lineal oder einen Brieföffner.
Probier's gleich mal aus!

Jo Pestum

studierte Malerei und arbeitet als Schriftsteller sowie als Film-, Funk- und Fernsehautor. Er zählt zu den bekanntesten deutschen Kinder- und Jugendbuchautoren.

Weitere Weihnachtskrimis in 24 Kapiteln von
Jo Pestum im Arena Verlag:

Die falschen Rauschgoldengel (Band 60148)
Die Jagd nach dem Weihnachtsgespenst (Band 60037)
Gefährliche Spur im Weihnachtswald (Band 6960)
Eine böse Weihnachtsüberraschung (Band 6732)
Die Christbaumräuber (Band 6759)

Weihnachtsspuk um Mitternacht (TB 50484)
Die Lamettabande (TB 50770)
Die gestohlenen Weihnachtsgeschenke (TB 50644)
Die Weihnachtsmarktdetektive (TB 50422)
Die geheimnisvollen Engel (TB 50408)
Die gefährlichen Schneemänner (TB 50390)
Der Weihnachtsmann im Tannenbaum (TB 50389)
Drei Könige auf Abwegen (TB 50388)
Das verschwundene Christkind (TB 50265)
Die rätselhaften Nikoläuse (TB 2260)

Jo Pestum

Eine diebische Weihnachtsbescherung

Ein Weihnachtskrimi in 24 Kapiteln

Mit Bildern von Lisa Althaus

1. Auflage 2017
© 2017 Arena Verlag GmbH, Würzburg
Alle Rechte vorbehalten
Einband- und Innenillustrationen: Lisa Althaus
Gesamtherstellung: Westermann Druck Zwickau GmbH
ISBN 978-3-401-60263-9

Besuche uns unter:
www.arena-verlag.de
www.twitter.com/arenaverlag
www.facebook.com/arenaverlagfans

1. Dezember

Rätselhaftes Verschwinden

Die Probe für das Weihnachtskonzert der Musikschule hatte wieder einmal länger gedauert. Jetzt nieselte es und Laura musste sich beeilen, um zum Bahnhof zu kommen. Im Slalom hastete sie an den Leuten vorbei, die ebenfalls so schnell wie möglich ins Trockene wollten.

Am Gleis atmete Laura erleichtert auf. Die Regionalbahn war noch nicht abgefahren! Schnell stieg sie ein. Im Waggon war es stickig und voll. Zum Glück waren es bloß zwei Stationen bis nach Billerbeck. Die Unterhaltungen der anderen Fahrgäste blendete sie aus und dachte an das bevorstehende Weihnachtskonzert, das wieder voll ausverkauft sein würde. Laura freute sich darauf.

Ruckelnd setzte sich die Bahn in Bewegung. Laura hielt sich am Türgriff fest und betrachtete die Lichter, die vorbeihuschten: farbige Signale, erleuchtete Fenster, Autoscheinwerfer.

Wenn das jetzt die Lichterketten vom Weihnachtsbaum wären!, dachte Laura und lächelte verträumt.

Dann rollte der Zug durch die Landschaft. Sie sausten an Bauernhöfen vorbei, an Wäldern und weiten Feldern. Der Anblick war Laura vertraut und wie jedes Jahr freute sie sich darauf, wenn alles von Schnee bedeckt sein würde.

Aber als sie an Ludger Jakobs' Hof vorbeifuhren, erhielt ihre Freude über die Vorweihnachtszeit einen Dämpfer. Laura hatte da oft mit den Tieren gespielt und auch ihr fünfzehnjähriger Bruder Manuel war immer dort gewesen.

Bauer Jakobs war für Manuel wie ein Opa. Manuel half schon seit einigen Jahren im Stall beim Füttern und Ausmisten und durfte dafür umsonst reiten. Ludger Jakobs' Hauptgeschäft war die Milchwirtschaft, aber er hatte auch fünf Pferde, mit denen man auf dem Wiesengelände und den Feldwegen rund um das Gehöft ausreiten konnte.

Aber ein Tag im Mai hatte alles verändert, denn nach einem Schlaganfall wachte Trude Jakobs nicht mehr auf. Der Tod seiner Frau traf Ludger Jakobs schwer und er verlor alle Freude am Leben. Auch seine Töchter konnten ihn nicht trösten. Die ältere lebte mit ihrer Familie in der Schweiz, die jüngere arbeitete in Freiburg. Sie reisten kurz nach der Beerdigung wieder ab. Bauer Jakobs wollte es so, hatte Manuel erzählt.

Kurz darauf zog er sich ganz in sich zurück. Er verkaufte die Kühe, da die Milchproduktion sowieso nicht mehr viel Gewinn abwarf. Als Nächstes folgten die Weiden- und Ackerflächen, die Maschinen und Fahrzeuge. Angestellte brauchte er ohne Vieh und Acker nicht mehr, also entließ er sie.

Was wird er wohl mit den Pferden machen?, rätselte Laura, als eine Frauenstimme durch den Lautsprecher den nächsten Halt verkündete: Billerbeck. Hier musste sie raus.

Bevor die ungeduldige Menschenmenge sie nach draußen schieben konnte, sprang Laura auf den Bahnsteig und machte sich auf den Weg nach Hause. Der Wind war stärker geworden und peitschte ihr die feinen Regentropfen entgegen. Laura zog sich die Kapuze ihres grünen Anoraks zum Schutz tief ins Gesicht. Trotzdem erkannte sie den Jungen mit der Baseballmütze, der sein Fahrrad vor ihr durch die Fußgängerzone schob und auch schnell ins Trockene zu wollen schien.

»Hi, Lukas!«, rief sie. »Alles klar?«

»Überhaupt nicht!« Lukas Sommer war der beste Freund ihres Bruders. Als er sie hörte, blieb er stehen und wartete, bis sie ihn eingeholt hatte. »Hast du 'ne Ahnung, wo Manuel steckt?«, fragte er mit säuerlicher Miene.

Laura zuckte mit den Schultern und klopfte auf den Gitarrenkasten. »Nein. Ich komme gerade von der Probe aus der Musikschule. Was ist denn mit Manuel?«

»Das weiß ich doch nicht, darum frag ich dich ja. Dein Bruder ist echt ein Vollidiot. Wir waren verabredet, er wollte sogar bei mir pennen, weil wir geplant hatten, morgen früh zum

Weihnachtsmarkt nach Münster zu fahren. Aber er ist nicht aufgetaucht, dabei wollte er nur sein Schulzeug nach Hause bringen, seine Sachen holen und dann direkt zu mir kommen!«

»Hast du ihm eine Nachricht geschrieben oder mal versucht, ihn anzurufen?«, fragte Laura.

Lukas tippte sich an die Stirn. »Für wie blöd hältst du mich denn? Natürlich hab ich versucht, ihn zu erreichen! So ungefähr tausend Mal. Aber er hat sein Handy ausgeschaltet. Der kann was erleben, wenn er sich bei mir blicken lässt.«

Sie konnte gut verstehen, dass Lukas wütend war. Das Verhalten ihres Bruders gab ihr ebenfalls Rätsel auf. »Vielleicht ist er krank geworden?«, überlegte sie laut.

Lukas winkte ab. »Dann hätte er mich doch angerufen. Nee, Laura, da ist was komisch. Bist du auf dem Weg nach Hause? Kannst du mich anrufen, wenn du Manuel siehst oder weißt, wo der Kerl sich rumtreibt?«

»Mach ich.« Laura nickte. Es gefiel ihr nicht, dass Lukas so sauer auf seinen Freund war. So kannte sie Manuel überhaupt nicht. Vielleicht war ihm tatsächlich etwas passiert?

»Ich muss zur Apotheke und dann nach Hause«, erklärte Lukas. »Vielleicht meldet sich der Horst ja doch noch!« Er hob kurz die Hand zum Abschied, dann beschleunigte er seine Schritte und lief die Fußgängerzone zügig entlang.

Laura sah ihm kurz nach. Für die Lichterketten und die weihnachtlich geschmückten Schaufenster um sie herum hatte sie keinen Blick. Ein kalter Schauer überlief sie. War das nur der Regen, der sie frösteln ließ, oder Unruhe, weil sie sich Sorgen um Manuel machte?

Die Kirchturmuhr schlug. Schon achtzehn Uhr! Laura lief schnell weiter. Bei diesem Wetter hatten die meisten Leute keine Lust, durch die Stadt zu bummeln, und die Fußgängerzone war nicht so voll wie sonst zur Adventszeit. So musste Laura nicht ständig aufpassen, jemanden mit dem Gitarrenkasten auf ihrem Rücken anzurempeln.

Zum Glück hatte sie es nicht weit. Fünf Minuten später stolperte sie zur Haustür herein. Wohlige Wärme umhüllte sie, aber das mulmige Gefühl in ihrem Bauch blieb.

»Hallo!«, rief Laura und stellte ihre Gitarre im Flur ab.

»Hallo, Liebling«, ertönte die Stimme ihrer Mutter Eva Köster aus dem Wohnzimmer. Sie saß in dem gemütlichen Ohrensessel und arbeitete am Laptop, von dem sie aufschaute, als Laura hereinkam. »Wie war's bei der Probe?«

»Och, ganz okay. Sag mal, Mama, weißt du, wo Manuel ist?«, fragte Laura möglichst beiläufig.

Ihre Mutter nickte. »Bei Lukas. Er übernachtet bei ihm und morgen fahren sie zusammen nach Münster zum Weihnachtsmarkt. Manuel hat sich sofort nach der Schule seine Tasche und seinen Schlafsack geschnappt und ist los.«

»Na super!«, platzte es aus Laura heraus. Ihre Gedanken überschlugen sich. Sollte sie ihrer Mutter jetzt von ihrem Treffen mit Lukas erzählen? Wo zum Teufel steckte Manuel? War ihm etwas passiert oder hatte er irgendetwas vor, von dem niemand etwas wissen durfte? *Vielleicht geht es ja um eine Weihnachtsüberraschung und ich verderbe ihm alles, wenn ich jetzt verrate, dass er geflunkert hat,* dachte Laura. Aber hätte ihr Bruder nicht wenigstens sie einweihen können? Er hätte doch wissen müssen, dass Lukas verärgert sein und nach ihm fragen würde!

»Ich muss noch mal kurz weg«, sagte Laura und verschwand schnell aus dem Wohnzimmer, ehe ihre Mutter dagegen protestieren konnte.

Laura wusste, dass sie unbedingt einen guten Rat brauchte. Aber bevor sie ihren Plan in die Tat umsetzte, warf sie noch schnell einen Blick in Manuels Zimmer, das normalerweise tabu für sie war. Auf dem Bett lag sein Smartphone. Manuel ging niemals ohne sein Handy aus dem Haus!

Warum hat Manuel gelogen?
Lies morgen weiter!

2. Dezember

Denken wie Detektive

Offiziell machten Nick und sein Freund Noah zusammen Hausaufgaben, aber das sahen sie nicht so eng. Es war immerhin Freitag, bis zu den Weihnachtsferien waren es auch nur noch ein paar Tage! Außerdem hatten sie sturmfreie Bude.

Nicks Eltern hatten so kurz vor Weihnachten Hochbetrieb in ihrem Lebensmittelgeschäft, seine Schwester Nanna war beim Turniertanz-Training. Und so hockten die beiden Jungs, in ihr Schachspiel versunken, auf dem Teppich, grübelten über die nächsten Züge nach und knabberten nebenher Zimtsterne und Schokokekse. Noch zeichnete sich kein Sieger ab.

Nick war am Zug. Er nahm sich einen weiteren Zimtstern, da der Zucker seine Gehirnzellen ankurbelte, als plötzlich sein Handy klingelte.

»Verdammt, wie soll man sich denn da konzentrieren«, knurrte Nick.

Noah winkte ab. »Geh schon dran, damit wir weiterspielen können!«

Seufzend streckte Nick sich und angelte sein Handy von der Kommode. Auf dem Display las er den Namen seiner Klassenkameradin Laura. *Komisch,* dachte Nick, *sie hat mich noch nie angerufen.*

Verwundert nahm er den Anruf entgegen. »Hi, Laura! Was gibt's denn? Ich spiele gerade gegen Noah Schach und ...«

»Hi, Nick. Kann ich bei dir vorbeikommen? Ich muss mit dir reden. Es ist was Rätselhaftes passiert.«

Laura hörte sich ziemlich verzweifelt an. Aber es war vor allem das Wort »Rätsel«, das Nicks Interesse sofort weckte. »Wann willst du denn kommen?«, fragte er.

»Jetzt!«, kam prompt die Antwort. »Ich bin in fünf Minuten da!«

Schon hatte sie aufgelegt.

Nick blinzelte überrascht, dann erzählte er seinem Freund, was Laura gesagt hatte.

Der seufzte und hob vorsichtig das Schachbrett an, um es unters Bett zu schieben. Dass nur ja keine Figur umkippte! Dann grummelte er: »Warum hast du ihr nicht einfach gesagt, sie soll später kommen? Ich wette, es geht bloß um Pillepalle.«

»Wieso sollte sie dann ausgerechnet mich anrufen? Es geht um was Rätselhaftes. Hat Laura jedenfalls behauptet. Wir können uns ja mal anhören, was für ein Problem sie hat. Jetzt ist sie sowieso schon auf dem Weg hierher«, meinte Nick.

Es dauerte weniger als fünf Minuten, bis es an der Tür Sturm klingelte. Kaum hatte Nick aufgemacht, da düste Laura auch schon an ihm vorbei in sein Zimmer, zog hastig ihren nassen Anorak aus und hängte ihn an den Fenstergriff. Sie war verschwitzt vom Rennen und völlig außer Atem.

»Es geht um meinen Bruder! Er ist verschwunden u-u-und sein Smartphone ... also ...«, stammelte Laura.

»Stopp! Stopp! Stopp!« Nick hielt die Hände hoch und Laura klappte den Mund zu. »Ganz langsam. Du bist ja total durcheinander. Setz dich erst mal. Willst du was trinken?«

Heftig schüttelte Laura den Kopf. Sie wollte nichts trinken, sie wollte zur Sache kommen. Nick besaß detektivische Fähigkeiten, das hatte sich in ihrer Klasse längst herumgesprochen. Wenn ihr jemand in dieser Situation einen Rat geben konnte, dann bestimmt er. »Kann ich euch einfach erzählen, worum es geht?«, fragte Laura ungeduldig.

»Klar, leg los!«, sagte Nick.

»Mein Bruder Manuel ist verschwunden. Er ist fünfzehn Jahre alt und ...«, fing Laura an, doch da fielen ihr die Jungs ins Wort.

»Den kennen wir doch!«, riefen sie wie aus einem Mund.

»Hab ich ganz vergessen, sorry!« Laura setzte sich auf den Drehstuhl vor dem Schreibtisch, der ein bisschen wie eine Müllkippe aussah, und spielte nervös mit einer Haarsträhne.

»Also, Manuel wollte heute Mittag gleich nach der Schule zu seinem Freund Lukas gehen, die beiden waren verabredet und mein Bruder wollte sogar bei Lukas übernachten, weil sie für morgen eine Fahrt zum Weihnachtsmarkt nach Münster geplant hatten. Meine Mutter hat gesehen, dass Manuel seinen Schlafsack und seine Sachen zusammengepackt hat, dann ist er losgedüst, aber bei Lukas ist er nie angekommen.«

»Woher weißt du das?«, fragte Nick. Er ließ sich neben Noah auf das Bett plumpsen und setzte sich in den Schneidersitz.

»Weil ich Lukas vorhin in der Fußgängerzone getroffen habe. Er war stinksauer, weil Manuel nicht aufgetaucht ist. Ohne was zu sagen! Das passt überhaupt nicht zu meinem Bruder, der ist sonst total zuverlässig.«

Noah runzelte die Stirn. »Hat Lukas deinen Bruder mal angerufen?«

»Na klar«, erwiderte Laura genervt. »Aber Manuels Smartphone ist ausgeschaltet. Und nicht nur das: Er hat es zu Hause vergessen. Dabei geht er sonst nie ohne sein Smartphone weg. Ich weiß nicht, was das zu bedeuten hat!«

Nick unterbrach die aufgeregt mit den Händen fuchtelnde Laura. »Du täuschst dich. Manuel hat sein Handy nicht vergessen. Wir müssen logisch denken – wie Detektive. Manuel hat sein Smartphone ganz bewusst zu Hause gelassen.«

Laura schaute ihn mit großen Augen an. Und auch Noah verstand nicht, worauf sein Freund hinauswollte. »Gibt's dafür einen Hinweis oder vermutest du das nur?«, fragte er Nick.

»Und ob es einen Hinweis dafür gibt!« Nick grinste breit. Hobbydetektiv zu spielen, machte ihm eindeutig Spaß. »Manuels Handy war ausgeschaltet, Leute! Das hat was zu bedeuten. Wenn er's bloß zu Hause vergessen hätte, wäre es doch an. Nein, er hat das Teil aus irgendeinem Grund, den wir noch nicht kennen, extra ausgeschaltet und zu Hause gelassen, als er abgeschwirrt ist. Er will nicht erreichbar sein. Na, ist das gut, oder was?« Nick klopfte sich selbst auf die Schulter.

»Angeber!«, erwiderte Noah und rollte mit den Augen.

Sie ließ es sich nicht anmerken, aber insgeheim bewunderte Laura ihren Klassenkameraden Nick und sein logisches Denken. Er war wirklich gut. Der entscheidende Punkt war tatsächlich, dass Manuels Smartphone ausgeschaltet war.

Es war schon ungewöhnlich, dass ihr Bruder sein Handy nicht dabeihatte. Dass es auch noch ausgeschaltet war, bestätigte Nicks Theorie, dass Manuel das Smartphone absichtlich zu Hause gelassen hatte. Laura war sicher: Etwas war faul an der Sache. Wie gut, dass sie Nick um Hilfe gebeten hatte. Zusammen würden sie vielleicht herausfinden, wo ihr Bruder steckte und was mit ihm los war.

»Aber für wen will Manuel nicht erreichbar sein?«, überlegte sie laut. Sie konnte sich das Verhalten ihres Bruders wirklich nicht erklären.

Nick zuckte mit den Schultern. »Keine Ahnung. Vielleicht für seinen Kumpel Lukas. Bist du sicher, dass die beiden keinen Streit hatten? Oder für eure Eltern oder ...« Er beugte sich vor und flüsterte: »... für die Polizei.«

»Polizei?« Laura schluckte. Einen Augenblick lang drehte sich alles um sie. »Willst du mich ärgern oder ist das dein Ernst? Meinst du etwa, Manuel hat was Kriminelles vor? Nie im Leben!«, protestierte sie heftig und sprang vom Stuhl auf. »Mein Bruder ist kein Krimineller!«, erklärte sie und funkelte Nick wütend an.

»Ich meine gar nichts«, sagte Nick gelassen, »ich nenne nur ein paar Möglichkeiten. Momentan müssen wir alles in Betracht ziehen. Und dass ich die Polizei erwähne, dafür gibt es ebenfalls eine logische Erklärung.«

Welche Vermutung hat Nick?
Lies morgen weiter!

3. Dezember

Eine aufregende Nachricht

Für ein paar Sekunden war es fast still im Zimmer. Nur das leise Trommeln des Regens an der Fensterscheibe und Motorensummen von der Straße waren zu hören, während Nick von seinen Klassenkameraden neugierig angestarrt wurde.

Noah hielt die Spannung irgendwann nicht mehr aus und brach das Schweigen schließlich. »Jetzt bin ich aber neugierig. Was hat es mit der Polizei auf sich? Spuck's schon aus, Nick!«

»Manuel ist anscheinend nicht doof.« Nick legte den Kopf schief. »Eigentlich würde es doch ausreichen, das Handy auszuschalten, wenn man nicht erreicht werden will. Aber Manuel will scheinbar auch verhindern, dass jemand rauskriegt, wo er sich befindet. Versteht ihr? Die Polizei könnte sein Handy orten, auch wenn es ausgeschaltet ist. Darum hat er sein Smartphone schlauerweise einfach zu Hause gelassen!«

Wieder einmal staunte Laura über Nicks detektivische Fähigkeiten. Aber als sie über seine Worte nachdachte, fröstelte es sie plötzlich und sie schlang die Arme um ihren Oberkörper.

»Was du da sagst, mit der Polizei und so ... Das macht mir Angst. Wieso sollte Manuel so etwas tun?«, fragte sie Nick.

»Das ist doch Quatsch!«, rief Noah und lachte, als hätte Nick nur einen blöden Witz gemacht. »Bestimmt ist das alles völlig harmlos. Manuel hat ein Geheimnis. Na und? Hat doch jeder mal. Vielleicht ist er verknallt und trifft sich mit einem Mädchen oder ein paar Kumpels und er feiern ein bisschen ...«

»*Du* redest Quatsch!«, zischte Laura. »Mein Bruder hatte sich mit Lukas verabredet, da kommt er doch nicht plötzlich auf 'ne andere Idee und lässt die Verabredung platzen, ohne Lukas Bescheid zu sagen. Nee, irgendwas stimmt nicht, das spüre ich. Manuel würde doch nicht einfach so verschwinden! Soll ich zur Polizei gehen und das melden? Was meint ihr?«

Noah schüttelte den Kopf. »Zur Polizei? Denk doch mal nach, Laura! Die Bullen fallen vor Lachen glatt vom Stuhl, wenn du ihnen erzählst, dass dein Bruder verschwunden ist. Bloß weil ein Fünfzehnjähriger am Freitagnachmittag nicht telefonisch zu erreichen ist, veranstaltet die Polizei doch keine Suchaktion. Es kann ja auch gut sein, dass Manuel heute Abend noch bei Lukas auftaucht.«

Laura nickte zögerlich. Noah hatte vermutlich recht, was die Polizei betraf. Sie würde sich nur lächerlich machen. Aber ihre Sorgen ließen sich nicht so einfach vertreiben. War Manuel vielleicht an falsche Freunde geraten, die einen schlechten Einfluss auf ihn hatten? Oder Schlimmeres? Schnell schob sie diese Gedanken beiseite. Sie würde noch wahnsinnig werden, wenn sie weiter über so etwas nachdachte. »Dann muss ich wohl mit meinen Eltern reden«, sagte sie. »Die Heimlichtuerei halte ich nicht aus.«

»Auf keinen Fall!«, rief Nick entschieden. Er teilte Noahs Meinung, dass Manuel sicher einen Grund hatte für seine Verspätung. »Du darfst deine Eltern nicht unnötig in Panik versetzen, Laura. Das willst du doch sicher nicht, oder? Wir müssen einen kühlen Kopf bewahren.« Nick hob den Finger wie ein Oberlehrer. »Geduld ist die wichtigste Tugend der Detektive.«

»Ich bin aber kein Detektiv«, gab Laura gereizt zurück.

Nick ließ sich davon nicht aus der Ruhe bringen. »Fakt ist, dass Manuel am Mittag seinen Plan plötzlich geändert hat. Da ist irgendetwas vorgefallen.« Nachdenklich schaute er Laura an. »Ich kombiniere mal. Dein Bruder kam aus der Schule, hat vielleicht noch schnell 'ne Kleinigkeit gegessen, hat sich dann seine Sachen geschnappt und wollte gerade los zu Lukas – und in diesem Moment bekam er einen Anruf oder eine Nachricht. Könnte es so gewesen sein?«

»Könnte«, brummte Noah, »muss aber nicht.«

Laura nickte nur.

Unbeirrt redete Nick weiter. »Kennst du den Code von Ma-

nuels Smartphone und könntest nachsehen, wer der letzte Anrufer war, und seine Nachrichten checken?«

»Nein, so was vertraut man seiner kleinen Schwester doch nicht an. Wir haben sogar eine Abmachung, dass keiner das Zimmer des anderen betreten darf ohne ausdrückliche Erlaubnis. Darum hab ich auch bloß in Manuels Zimmer reingeschaut und dabei das Smartphone auf dem Bett liegen sehen.«

Noah schob sich den letzten Schokokeks in den Mund. »Schade, da kann man nix machen.« Doch dann schnipste er mit den Fingern. »Was ist mit deiner Mutter? Die darf doch wohl ohne Erlaubnis in Manuels Zimmer, oder? Vielleicht kennt sie auch seinen Code und ...«

Laura klatschte sich an die Stirn. »Das geht doch nicht! Wenn ich sie frage, dann weiß sie doch sofort, dass mit meinem Bruder was nicht stimmt. Und sie würde garantiert niemals an Manuels Smartphone gehen. Das hat was mit Vertrauen zu tun!«

»Ist ja gut, reg dich nicht auf!«, sagte Nick. »Wir müssen uns konzentrieren, Leute. Vielleicht hat deine Mutter ja mitbekommen, ob Manuel am Mittag telefoniert hat. Vielleicht hat er bei dem Telefonat sogar den Namen des Gesprächspartners genannt! Das musst du rauskriegen, Laura! Frag deine Mutter danach, aber vorsichtig und so nebenbei. Als ob es eigentlich gar nicht wichtig wäre.«

»Ich kann's ja mal versuchen«, sagte Laura unsicher.

»Falls es solch ein Telefongespräch überhaupt gegeben hat«, meinte Noah.

»Vielleicht krieg ich ja was aus ihr raus, ohne dass sie Verdacht schöpft. Irgendwas müssen wir ja tun. Ich hab richtig Bauchschmerzen vor lauter Sorge. Wenn Manuel nicht bald auftaucht ...« Laura schüttelte den Kopf und stand auf.

Nick sah sie ernst an. »Du kannst auf uns zählen, Laura. Wir helfen dir, falls Manuel wirklich nicht auftauchen sollte. Aber hoffen wir erst mal, dass alles okay ist mit deinem Bruder. Ruf an, wenn du was Neues weißt, ja?«

Laura zog ihren Anorak an. Sie musste schleunigst nach Hause, bevor ihre Eltern sich *ihretwegen* Sorgen machten. »Klar«, sagte sie, »ich melde mich auf jeden Fall. Danke für eure Ratschläge!«

Noah winkte ihr zum Abschied und Nick brachte sie noch zur Haustür.

Es nieselte nur noch leicht, als Laura heimwärts eilte. Von irgendwoher tönte Weihnachtsmusik. *Süßer die Glocken nie klingen ...*

Laura seufzte. Andere freuten sich auf Weihnachten – auf die Ferien, das Essen und die Geschenke – und sie machte sich Sorgen um ihren verschwundenen Bruder! Ob sie Lukas anrufen und fragen sollte, ob Manuel mittlerweile bei ihm aufgetaucht war? Nein, entschied sie, noch nicht! Sie fürchtete sich vor der Antwort. Sie wollte die Hoffnung nicht aufgeben, dass Manuel längst mit seinem Freund vorm Fernseher hockte und an der Konsole spielte. Jetzt würde sie erst einmal mit ihrer Mutter sprechen, so wie die Jungs es ihr geraten hatten.

Als sie in ihre Straße einbog, sah sie, dass in der Werkstatt ihres Vaters noch Licht brannte. Bernd Köster war Schreinermeister und seine Werkstatt befand sich im Erdgeschoss unter ihrer Wohnung. Laura öffnete die Ladentür. Ihr Vater war allein und mixte irgendetwas.

»Hi, Papa! Wieso arbeitest du denn noch?«

»Hallo, Schatz! Bin gleich fertig, ich wollte nur noch die Politurflüssigkeit für morgen vorbereiten.« Ihr Vater legte den Rührstab zur Seite und wischte sich die Finger an seinem Kittel ab. »Hast du's schon gehört? Bei Bauer Jakobs sollten heute Nachmittag die Pferde verkauft werden, aber da herrscht totales Chaos. Ein Pferd ist nämlich geklaut worden. Das wird ein Schock für Manuel! Wie gut, dass er bei Lukas ist und erst einmal nichts davon mitbekommt.«

Welche Gedanken schießen Laura jetzt durch den Kopf?
Lies morgen weiter!

4. Dezember

Lauras Verdacht

Zuerst herrschte völlige Leere in Laura. Dann wirbelten die Gedanken wie ein Schneegestöber in ihrem Kopf durcheinander, bis sie begriff. Bauer Jakobs wollte die Pferde verkaufen!

Diese Nachricht würde tatsächlich ein schlimmer Schock für Manuel sein. Er hatte sich an der Hoffnung festgeklammert, dass Herr Jakobs wenigstens die fünf Pferde behalten würde, die nicht so viel Arbeit machten wie die Milchwirtschaft und die Bestellung der Felder. Außerdem hatte er ja Manuel, der ihm im Stall half.

»Woher weißt du das?«, fragte Laura ihren Vater. Sie dachte daran, wie sehr Manuel an den Pferden hing, vor allem an der kastanienbraunen Stute Elaria. Und wie schlimm es für ihn sein musste, sobald er von Bauer Jakobs' Plänen erfuhr.

»Von einem Kunden. In Billerbeck spricht sich alles schnell rum. Ist halt 'ne kleine Stadt. Jakobs hatte Interessenten, die sich die Pferde anschauen wollten, sie waren auch schon auf dem Hof, als plötzlich alles abgeblasen wurde.«

Laura schüttelte den Kopf. Sie war völlig durcheinander. »Wer klaut denn ein Pferd? Und wie überhaupt? Es ist doch immer jemand auf dem Hof.«

»Seit Jakobs alle Mitarbeiter entlassen und sich total zurückgezogen hat, nicht mehr. Jemand hat wohl die Pferde rausgelassen auf die Koppel – und eins war weg«, erklärte ihr Vater. »Schon merkwürdig. Aber vielleicht schnappen sie ja den Pferdedieb ruckzuck, die Polizei ist schon da.« Er griff wieder zum Rührstab. »Geh schon mal hoch, ich komme auch gleich zum Essen.«

Wie betäubt nickte Laura und ging langsam die Treppe zur Wohnung hinauf. Der Verdacht, der sich während des Gesprächs mit ihrem Vater in ihren Gedanken eingenistet hatte, ließ sich nicht verscheuchen. Was, wenn ...? *Nein, gar nicht erst drüber nachdenken,* sagte sie sich.

Aus der Küche tönte Radiomusik und es duftete in der ganzen Wohnung nach Rotkraut und Braten.

»Bin wieder da!«, rief Laura schwach und zog ihren Anorak aus.

»Wo hast du denn so lange gesteckt?«, fragte ihre Mutter aus der Küche.

»Ich musste mit zwei Klassenkameraden dringend was besprechen«, erklärte Laura. »Hast du's schon gehört, Mama? Bauer Jakobs will jetzt auch seine Pferde verkaufen. Papa hat es mir gerade erzählt.«

Ihre Mutter kam zu ihr in den Flur. »Oh nein, da wird eine Welt für Manuel zusammenbrechen!« Sie seufzte.

»Es wird noch besser. Jakobs hatte schon Interessenten und sie waren heute auf dem Hof, um sich die Pferde anzusehen. Aber da haben sie festgestellt, dass eins von den Pferden geklaut worden ist! Jetzt ermittelt die Polizei«, erzählte Laura aufgeregt.

Ungläubig sah ihre Mutter sie an. »Ein Pferd geklaut? Wer macht denn so was?« Sie schüttelte den Kopf. »Vielleicht kann uns dein Vater beim Essen noch mehr erzählen. Deck doch schon mal den Tisch, ja?«

»Sag mal, Mama«, meinte Laura schnell, weil ihre Mutter wieder in die Küche gehen wollte. »Weißt du zufällig, ob Manuel heute Mittag telefoniert hat, bevor er zu Lukas abgeschwirrt ist? Ein Klassenkamerad wollte ihm wohl irgendwas Wichtiges mitteilen.« Ihr wurde verdammt warm. Bestimmt war sie ganz rot geworden beim Flunkern.

Zum Glück merkte ihre Mutter nichts, weil sie nach dem Essen schaute. »Ja, Manuel bekam einen Anruf. Da war er quasi schon auf dem Sprung.«

Lauras Herz klopfte plötzlich schneller. »Du hast nicht zufällig mitbekommen, wer der Anrufer war?«, bohrte sie weiter.

Ihre Mutter überlegte kurz. »Piet. Den Namen Piet hat Manuel genannt. Oder so ähnlich. Ist das denn wichtig?«

»Nee, gar nicht«, beeilte sich Laura zu versichern. Aber dann musste sie heftig schlucken.

Piet! Der junge Holländer, der bei Bauer Jakobs angestellt gewesen und vor Kurzem entlassen worden war, als die Auflösung des Bauernhofes begann. Er war also noch in Kontakt mit Manuel.

Laura sah alles plötzlich klarer: Piets Anruf, Manuels Verschwinden, das gestohlene Pferd. Da musste es einen Zusammenhang geben. Manuel und der junge Holländer steckten unter einer Decke, da war sie sich sicher. Doch was hatten sie vor?

Mit dieser quälenden Frage im Kopf deckte Laura den Tisch. Wenige Minuten später kam auch ihr Vater und sie konnten essen, aber Laura stocherte nur unruhig in den Knödeln herum.

»Schmeckt's dir nicht?«, fragte ihre Mutter.

Laura schreckte aus ihren Gedanken auf. »Doch, doch! Ist echt lecker, wie immer. Ich bin nur ein bisschen platt. War ein langer Tag und die Probe war heute auch echt anstrengend.«

Ihre Mutter nickte verständnisvoll und ihr Vater fing an zu berichten, was er über die Aufregung auf Bauer Jakobs' Hof erfahren hatte.

»Pferdediebstahl! Dass so was ausgerechnet in unserer Gegend passiert. Ob die Diebe das Pferd an einen Schlachter verhökern wollen?«, rätselte ihr Vater.

Nein, dachte Laura, *das wollen sie ganz bestimmt nicht. Ich muss dringend mit Nick reden.*

»Vielleicht ist das verschwundene Pferd einfach bloß ausgebüxt«, meinte Eva Köster.

Aber ihr Mann schüttelte den Kopf. »Das Tor der Koppel war geschlossen und der Gatterzaun ist mindestens zwei Meter hoch.«

»Ob wir Manuel anrufen sollten?«, fragte ihre Mutter. »Wahrscheinlich weiß er es noch gar nicht.«

Alle Alarmglocken schrillten in Lauras Kopf los. *Bloß nicht!*, dachte sie bange. Wenn ihre Eltern versuchten, Manuel zu erreichen, und dann merkten, dass sein Smartphone ausgeschaltet war, würden sie mit Sicherheit bei Lukas anrufen und erfahren, dass Manuel überhaupt nicht bei seinem Freund war. Und dann würden sie in Panik geraten und vielleicht bei der Polizei und sämtlichen Freunden von Manuel anrufen.

Ihr Magen verkrampfte sich. War es nicht vielleicht besser, ihren Eltern von Manuels Verschwinden und ihrem Verdacht zu erzählen? Andererseits wollte sie ihren Bruder nicht verraten. Sie saß in der Zwickmühle! Aber für den Moment wollte sie ihre Eltern nicht beunruhigen, solange sie nicht mehr wusste.

Laura versuchte, gelassen zu wirken, und winkte ab. »Nee, lasst mal lieber. Manuel hat sich so auf das Wochenende mit Lukas gefreut, die Nachricht würde ihm nur alles kaputtmachen. Er wird doch noch früh genug erfahren, was passiert ist.«

»Vielleicht weiß er das auch schon längst«, meinte ihr Vater.

Und ob er das schon längst weiß!, dachte Laura. Sie stand vom Stuhl auf und fragte: »Ist es okay, wenn ich mich schon mal verdünnisiere? Ich möchte mich noch fürs Wochenende verabreden, sonst muss ich die ganze Zeit hier rumhocken«, flunkerte sie, obwohl das schlechte Gewissen sie quälte.

»Na gut. Ausnahmsweise«, sagte ihre Mutter und auch ihr Vater nickte.

Laura schnappte sich das Telefon im Flur und eilte in ihr Zimmer. Nachdem sie die Tür leise geschlossen hatte, rief sie bei Nick an. Der fand das zuerst gar nicht lustig, dass Laura schon wieder beim Schachspiel störte, aber als sie erzählte, dass bei Bauer Jakobs ein Pferd geklaut worden war und Manuel und Piet vermutlich in die Sache verwickelt waren, da war er plötzlich neugierig. »Wow, das ist krass! Erzähl weiter!«

Können Nick und Noah ihr helfen?
Lies morgen weiter!

5. Dezember

Neue Schlagzeilen in der Stadt

Laura berichtete Nick alles, was sie von ihrem Vater erfahren hatte und was sie über Bauer Jakobs wusste: dass der nach dem Tod seiner Frau die Lust an seinem Bauernhof verloren hatte und deshalb alles nach und nach verkaufte. Dass er daraufhin seinem jungen Mitarbeiter Piet van Voss gekündigt und der schrecklich geheult hatte, dass Manuel ein Pferdenarr war und heute auch noch die Reitpferde hätten verkauft werden sollen, aber dass auf unerklärliche Weise eins der fünf Pferde verschwunden war – genau wie Manuel.

»Unerklärlich gibt's nicht«, meinte Nick. »Man muss nur logisch denken und genau recherchieren, dann findet man auch die Erklärung für scheinbar unmögliche Ereignisse. Wenn ein Pferd verschwindet, muss man es suchen, Laura. Es hat sich doch nicht einfach in Luft aufgelöst. Ich glaube nicht an Hokuspokus und so 'nen Kram.«

»Ich auch nicht.« Laura kicherte, wurde dann aber wieder ernst. »Die Polizei ermittelt schon, das ist doch das Problem! Wenn die Bullen Piet und Manuel erwischen und dann als Pferdediebe verhaften …« Ihr wurde ganz mulmig zumute bei dem Gedanken.

»Wieso denkst du eigentlich, dass dein Bruder und dieser Piet etwas mit dem Pferdediebstahl zu tun haben könnten? Gibt es dafür irgendwelche Hinweise?«

»Ja! Ich sollte doch meine Mutter fragen, ob Manuel einen Anruf bekommen hat, bevor er abgehauen ist – angeblich zu Lukas. Und er hat tatsächlich kurz davor telefoniert! Jetzt rate mal, wer der Anrufer war!«

»Piet van Voss«, sagte Nick cool. »Jetzt kommt Logik in den Fall. Ich werde gleich im Internet nachschauen, ob es schon Infos auf der Seite der Polizei oder irgendwelche Artikel zu dem Diebstahl gibt.«

»Heißt das, du hilfst mir, meinen Bruder zu suchen?«

»Und ob es das heißt!«, verkündete Nick. »Hab ich dir doch gesagt. Noah gehört selbstverständlich mit zum Team. Wir haben der Polizei gegenüber auch schon einen Vorsprung. Wir haben nicht nur einen Verdacht, wir haben sogar konkrete Hinweise und wissen, wie und wo wir mit den Nachforschungen beginnen müssen.«

»Du glaubst also, der Anruf von Piet ist tatsächlich ein Hinweis?«, fragte Laura hoffnungsvoll.

»Es ist zumindest ein logischer Ansatz, eine Theorie, die wir überprüfen müssen«, erklärte Nick. »Wenn wir Manuel und Piet ausfindig machen, finden wir mit Sicherheit auch das Pferd.« Dann senkte er die Stimme zu einem verschwörerischen Flüstern. »Hör zu, Laura! Von dem Telefongespräch zwischen Piet und Manuel darfst du niemandem erzählen. *Niemandem!* Kein Sterbenswörtchen. Okay? Stell dir vor, die Polizei erfährt davon und ...«

»Ich verrate nix«, fiel Laura ihm ins Wort. »Für wie bescheuert hältst du mich eigentlich? Wie geht's jetzt weiter?«

»War doch nicht so gemeint. Zuerst müssen wir uns selber ein Bild von den Ereignissen auf dem Hof von Bauer Jakobs machen. Befragungen, Spurensuche, Beobachtungen und so was. Du weißt doch, wo der Bauernhof ist, oder?«

»Klar! Ich bin da mindestens schon tausendmal gewesen!«, erwiderte sie.

»Super, dann lass uns loslegen!«

Die beiden planten, direkt am nächsten Morgen früh zum Bauernhof aufzubrechen, und vereinbarten einen Treffpunkt und die Uhrzeit. Als Laura danach auflegte, spürte sie auf einmal, wie müde sie war. Völlig kaputt.

Aber als sie dann im Bett lag, wollte der Schlaf einfach nicht kommen. Sie hörte das Gebrabbel des Fernsehers aus dem Wohnzimmer, spürte einen kalten Luftzug von irgendwoher und wälzte sich unruhig unter der Bettdecke hin und her.

Die vielen Fragen und Gedanken machten sie noch wahnsinnig! Wo mochte Manuel jetzt wohl stecken? War er wirklich mit Piet zusammen unterwegs? Und was war mit dem Pferd? Oder war alles vielleicht ganz anders, als sie dachte? Hatte sie vielleicht die falschen Schlüsse gezogen und Manuel hatte mit dem Verschwinden des Pferdes am Ende gar nichts zu tun? Aber wieso war er dann verschwunden?

Laura dachte auch an Nick. Es machte ihr Mut, dass er ihr half. Sie wüsste nicht, was sie ohne ihn und Noah tun sollte.

Alle in ihrer Klasse wussten, dass Nick zur Stelle war, wenn man ihn brauchte, und dass er logisch denken konnte wie ein Detektiv oder Polizist. Er hatte zum Beispiel herausgefunden, dass der Reifenschlitzer an der Schule ein Jugendlicher aus dem Nachbarort war, der sich an einem Jungen ihrer Schule rächen wollte und mehrere Fahrradreifen aufgeschlitzt hatte, damit der nicht ihn in Verdacht hatte. Nick war es auch gewesen, der dem tieftraurigen Mehmet bewies, dass sein Pausengeld gar nicht geklaut worden war, sondern im Futter seines Mantels steckte, weil in der Tasche nämlich ein Loch war. Und als Noah neu in ihre Klasse kam und von Jens und Chris gemobbt worden war, hatte Nick die beiden so zusammengestaucht, dass sie danach nie wieder etwas zu Noah sagten. Inzwischen waren Noah und Nick beste Freunde.

Irgendwann schlief Laura doch endlich ein. Viel Schlaf bekam sie trotzdem nicht. Als ihr Wecker ganz früh klingelte, war es noch stockdunkel draußen. Am liebsten hätte sie sich noch einmal umgedreht und weitergeschlafen, Samstage waren schließlich zum Ausschlafen da. Aber das konnte sie heute vergessen. Sie musste zum Treffpunkt und zusammen mit Nick und Noah ihren Bruder suchen.

Laura setzte sich im Bett auf und vergrub ihre kalten Füße in dem weichen Teppich davor, während sie sich streckte und gähnte. Sobald sie die Müdigkeit abgeschüttelt hatte, schlich sie hinaus auf den Flur.

Aus dem Schlafzimmer ihrer Eltern tönte das Schnarchen ihres Vaters und sie musste leise lachen. Auf Zehenspitzen eilte sie weiter ins Bad, um sich fertig zu machen. Zurück in ihrem Zimmer, zog sie sich schnell an und kramte nach kurzem Überlegen den dicken Skipullover aus dem Schrank, um ihn über ihr langärmeliges Oberteil zu ziehen. Sicher war sicher, immerhin würden sie zum Bauernhof laufen.

In der Küche legte Laura noch schnell einen Zettel für ihre Eltern auf den Tisch: *Bin mit Freundinnen zum Weihnachtsbasteln verabredet. Sollte es ein bisschen später werden, rufe ich an.*

Schnell aß sie eine Schüssel Müsli, dann stopfte sie ihr Handy, ein paar Müsliriegel und ein Päckchen Kaugummi in ihre Anoraktaschen und schlüpfte leise aus der Wohnung.

Im Briefkasten steckte schon die Zeitung. Laura zog sie heraus. Trotz des spärlichen Laternenlichts konnte sie die fette Überschrift auf der Titelseite deutlich lesen:

PFERDEDIEBSTAHL IN BILLERBECK!
Polizei sucht Zeugen

Laura schluckte schwer und schob die Zeitung zurück in den Briefkasten.

Der Diebstahl bei Bauer Jakobs war das Aufregendste, was seit Langem in ihrem Umkreis passiert war. Es war also kein Wunder, dass die Nachricht darüber auf der Titelseite stand. Und nun erfuhren alle Billerbecker davon, die es noch nicht gewusst hatten.

Eisiger Wind jaulte um die Ecke der Kirche und Laura fröstelte plötzlich. All das Grübeln und Kopfzerbrechen brachte nichts. Sie musste etwas tun. Nick und Noah warteten schon, die zwei würden ihr helfen. Sicher würde alles gut werden.

Was werden die drei Detektive nun unternehmen?
Lies morgen weiter!

6. Dezember

Natürlich Elaria!

Die Zwillingstürme der großen Kirche, auf die Laura zulief, wurden von Strahlern beleuchtet. Ansonsten war es bis auf die Lichter der vereinzelten Laternen am Straßenrand immer noch stockduster.

Vor der Kirche konnte sie zwei dunkle Silhouetten erkennen, als sie näher kam. Sie beschleunigte ihre Schritte, um sie zu erreichen.

»Guten Morgen! Auch schon wach?«, begrüßte Nick sie. Er hüpfte dabei auf der Stelle und rieb sich die Hände, die in Handschuhen steckten. Selbst im Halbdunkel vor der Kirche konnte man seinen roten Schal erkennen. Der war sozusagen sein Erkennungszeichen.

Noah, der neben Nick stand, nickte ihr zur Begrüßung zu.

»Soll das ein Vorwurf sein?«, fragte Laura ein wenig gereizt. So einen Spruch am frühen Morgen konnte sie überhaupt nicht leiden. »Ich bin doch pünktlich, oder?«

Wie zum Beweis schlug die Kirchturmuhr in diesem Augenblick. Laura sah Nick triumphierend an. Der winkte nur ab und grinste sie an.

»Los geht's, wir haben einen Fall zu lösen!« Nick sah sie fragend an. »Welche Richtung, Laura?«

»Nach Norden. Richtung Bahnhof.«

Sie marschierten im Gleichschritt die Bahnhofstraße hinauf. Ein paar Leute waren auch schon unterwegs, sicher auf dem Weg zur Arbeit.

In Höhe des Bahnhofs überquerten die drei den Bahnübergang und bogen halb rechts in eine Straße ein, die zu einem leeren Parkplatz führte. Die Straße wurde schmaler, je weiter sie gingen, und bald liefen sie über Schotter und nicht mehr über Asphalt. Bäume ragten zu beiden Seiten neben ihnen auf.

Nach einigen Metern zeigte Laura in einen Feldweg hinein. »Das ist 'ne Abkürzung«, erklärte sie und ging voraus. »Hat einer von euch die Schlagzeile in der Zeitung gesehen?«

»Ich hab sogar den ganzen Artikel gelesen«, erwiderte Nick. »Die Kripo nimmt an, dass jemand heimlich mit 'nem Pferdetransporter an die Koppel rangefahren ist, während Ludger Jakobs vorn beim Wohnhaus die Kaufinteressenten empfangen hat. Scheinbar sind der Pferdestall und die Koppel vom Haus aus nicht zu sehen.«

»Stimmt«, bestätigte Laura, »die liegen auf der Rückseite.«

Nick erklärte weiter: »Die Polizei vermutet jedenfalls, dass die Diebe die Situation ausgenutzt haben. Stalltür auf, Pferde rausgelassen auf die Koppel, ein Pferd ausgesucht, rein damit in den Anhänger und ab! In der Zeitung fordert die Kriminalpolizei alle Leute auf, sich zu melden, wenn sie zur fraglichen Zeit ein Auto mit Pferdeanhänger gesehen haben.«

Plötzlich knackte es im Unterholz und zwei dunkle Gestalten preschten quer über den schmalen Feldweg und verschwanden im Nebel.

Noah zuckte zusammen. »W-w-was war das?«

»Das waren die bösen Waldgeister!«, verkündete Nick mit gruseliger Stimme. »Die werden uns alle holen!«

Laura lachte. »Lass dich nicht verarschen, Noah. Das waren bloß zwei Rehe. Die sind bestimmt heftiger erschrocken als du.«

Noah wurde rot und winkte ab. »Wie weit ist es noch bis zum Bauernhof?«

»Noch ungefähr eine Viertelstunde!«, sagte Laura über die Schulter.

Am Ende des Feldweges kamen sie auf eine schmale Straße. Die schwarzen Umrisse einiger Häuser waren in der Ferne zu erkennen, die ersten erleuchteten Fenster sahen aus wie Augen.

Die Straße führte genau auf den Hof von Bauer Jakobs zu. Dicke Linden bildeten eine Allee. Zu allen Seiten lagen weite Wiesen rund um den Hof, dahinter war ein düsterer Wald.

Im Torbogen der Hofeinfahrt war eine fast mannshohe Figur in eine Nische eingelassen, mit Kopfbedeckung, Hirtenstab und zwei Gänsen vor den Füßen.

»Was ist denn das für ein Typ?«, fragte Noah.

»Dass du das nicht weißt!« Laura schüttelte den Kopf. »Das soll den heiligen Ludgerus darstellen.«

Nick lachte. »Mann, jetzt wohnst du doch schon ein halbes Jahr in Billerbeck, da solltest du eigentlich inzwischen gemerkt haben, dass die ganze Gegend voll ist von Ludgerus-Figuren. Er war ein Bischof und angeblich ist er hier irgendwo gestorben. Lange her. Los, lasst uns weitergehen! Wir sind nicht hier, um über Heilige zu quatschen, wir haben eine Aufgabe.«

Die anderen beiden nickten und folgten ihm auf den Hof.

Zur linken Seite lag Bauer Jakobs' schönes Fachwerk-Wohnhaus. Rechts erhoben sich die mächtige Scheune und die Ställe. Vor den Gebäuden pickten Tauben zwischen den Pflastersteinen, die aufgeschreckt wegflogen, als Laura und die Jungen auf das Haus zugingen.

»Alles dunkel im Haus. Vielleicht schläft der Bauer noch«, meinte Noah.

Laura schüttelte den Kopf. »Glaub ich nicht. Seit ich Bauer Jakobs kenne, war er immer früh auf den Beinen. Lasst uns mal bei den Ställen nachsehen! Wahrscheinlich ist er beim Füttern und Ausmisten.«

Noah verstand das nicht. »Ich dachte, die Pferde sind gestern verkauft worden und die Kühe wären auch schon weg.«

»Nee, doch nicht bei dem Chaos, das gestern hier herrschte.« Nick schüttelte den Kopf. »Die Verkaufsverhandlungen wurden abgebrochen, als man den Diebstahl bemerkte. So steht's jedenfalls in der Zeitung. Die Pferde sollen bestimmt erst einmal auf dem Hof bleiben, bis die kriminaltechnischen Untersuchungen abgeschlossen sind. Laut dem Artikel musste die Spusi ihre Arbeit unterbrechen, als es zu dunkel wurde. Und das ist in dieser Jahreszeit ja sehr früh der

Fall. Wir sind der Polizei also immer noch einen Schritt voraus.«

»Die Spusi?«, fragten Laura und Noah wie aus einem Mund.

»Spusi ist die Abkürzung für *Spurensicherung*. Weiß doch jeder! Das ist die Spezialabteilung der Polizei, die immer mit so weißem Zeug rumpudert und Fingerabdrücke, Fußspuren und Reifenprofile und so was sucht.« Nick schien seinen Spaß zu haben, weil er mal wieder den Fachmann spielen konnte.

»Mann, Nick, wenn du nicht angeben kannst, dann geht's dir nicht gut, oder?« Noah rollte mit den Augen und boxte seinem Freund in die Seite. »Immer den dicken Max spielen! Das nervt!«

»Könnt ihr eure Diskussion nicht verschieben?«, fragte Laura ungeduldig. »Wir müssen rausfinden, wo Manuel steckt!«

Nick wedelte beschwichtigend mit den Händen. »Schon gut, schon gut!«

Der leere Kuhstall war ein wenig gruselig, fand Laura. Wie ausgestorben. Aber sie versuchte, sich vor den Jungs nichts anmerken zu lassen. Daneben befand sich der Pferdestall. Schwaches Licht erhellte die Stallgasse und vier Pferdeköpfe lugten aus den Boxen.

»Welches Pferd fehlt denn?«, fragte Nick.

»Natürlich Elaria«, sagte Laura leise, »Manuels Lieblingspferd. Sie ist eine wunderschöne Stute mit kastanienbraunem Fell und schwarzem Schweif und schwarzer Mähne.«

All ihre Befürchtungen schienen sich mit dieser Entdeckung bestätigt zu haben. Ob Bauer Jakobs einen ähnlichen Verdacht hatte wie sie?

Laura schluckte, als der Bauer mit einer Schubkarre und einer Mistgabel um die Ecke kam.

Was hat Bauer Jakobs zu berichten?
Lies morgen weiter!

7. Dezember

Falscher Verdacht

Erschrocken blieb Ludger Jakobs stehen, als er die drei Kinder in der Tür stehen sah, und riss die Mistgabel kampfbereit hoch. Mit dem grünen Försterhut und dem ordentlich gestutzten grauen Vollbart sah er aus, als spielte er die Hauptrolle in einem alten Heimatfilm. Als er erkannte, dass die drei Eindringlinge Kinder waren, entspannte er sich und schaute etwas freundlicher drein.

»Was wollt ihr denn hier?«, fragte er verwundert. »Wer seid ihr überhaupt?«

Laura trat in den Lichtschein. »Aber, Herr Jakobs, Sie kennen mich doch. Ich bin die Schwester von Manuel.«

»Ja, jetzt seh ich's. Hallo, Laura! Meine Augen sind nicht mehr die besten, entschuldige. Und wer sind die jungen Herren bei dir?«

»Das sind Klassenkameraden, Nick und Noah«, erwiderte Laura und zeigte nacheinander auf die Jungs, als sie die vorstellte. »Wir haben erfahren, was hier passiert ist, und da wollten wir unbedingt ...«

Der Bauer fuchtelte wild mit der Mistgabel herum und deutete auf die leere Box. »Ich bin stinksauer! Elaria ist mein wertvollstes Pferd und es gibt mehrere Kaufinteressenten für sie. Bestimmt springen sie mir jetzt alle ab! Schöner Mist!«, schimpfte der Bauer.

»Vielleicht ist die Kripo den Dieben schon längst auf der Spur«, gab Nick zu bedenken. »So ein Pferdetransporter fällt doch auf. Wenn sich Zeugen melden, dann ist es bloß noch ein Klacks, bis ...«

Bauer Jakobs winkte ab. »Ich vermute, wir haben es mit einer ganz raffinierten Bande zu tun. Die Polizei hat einen ähnlichen Verdacht. In letzter Zeit häufen sich die Fälle von Tierdiebstahl in unserer Gegend. Und ausgerechnet gestern Nachmittag, wo ich den Interessenten die Pferde vorführen wollte, passiert so etwas!« Wütend stellte er die Mistgabel wieder auf dem Boden auf.

»Das ist doch kein Zufall!«, rief Nick. »Ich wette, dass einer von den Kaufinteressenten nur zum Schein mitmachen wollte bei den Auktionen. In Wirklichkeit hat er den Trubel nur ausgenutzt, um von einem oder mehreren Komplizen Elaria stehlen zu lassen. Er muss das Pferd bereits gekannt und gezielt ausgewählt haben. Denken Sie mal scharf nach, wer das sein könnte!«

»Donnerwetter!« Ludger Jakobs war eindeutig beeindruckt von dieser Theorie. »Du redest ja wie ein richtiger Kriminalist. Die Polizeibeamten haben mich gestern was Ähnliches gefragt. Aber mir fällt keiner ein, der so was tun könnte. So, ich muss wieder an die Arbeit, Kinder.«

Laura atmete erleichtert auf. Auf gerissene Art hatte Nick herausgefunden, dass Bauer Jakobs niemanden in Verdacht hatte. Ein Glück!

»Können wir Ihnen irgendwie helfen?«, fragte sie. »Deswegen sind wir eigentlich gekommen. Wo doch Piet nicht mehr da ist ...«

»Ja, den Piet, den könnte ich jetzt verdammt gut gebrauchen. Die ganze Arbeit bleibt nun an mir hängen, während ich mich auch noch mit dem Diebstahl und den Fragen der Polizei rumschlagen muss. Piet war furchtbar traurig, als ich ihm sagte, dass der Hof verkauft werden würde und es dann keine Arbeit mehr für ihn gebe. Er ist wirklich tüchtig und war so gern hier.« Bauer Jakobs räusperte sich. Seine Stimme war ganz erstickt, als kämpfte er mit den Tränen.

»Wir können Ihnen helfen«, bot Laura noch einmal an.

Der Bauer schüttelte den Kopf. »Das ist nett von euch Kindern, aber mit Pferden muss man sich auskennen. Vielleicht hat Manuel ja Zeit und würde vorbeikommen?«

»Manuel verbringt das Wochenende bei einem Freund. Er

weiß noch nicht, dass Elaria verschwunden ist.« Laura war beleidigt. Sie kannte sich doch ganz gut mit Pferden aus. Hielt der Bauer sie und die Jungs etwa für Babys?

Nick warf Laura einen warnenden Blick zu, der ihr wohl so viel sagen sollte wie: »Red nicht so viel über Manuel, sonst schöpft der Bauer am Ende noch Verdacht!«

Laura schaute verlegen zu Boden. Natürlich, sie waren nicht hier, um Pferdeboxen auszumisten, sondern um Manuel und Piet aus der Patsche zu helfen.

Die Pferde schnaubten und scharrten ungeduldig mit den Hufen. Anscheinend hatten sie den Bauern bei der Fütterung unterbrochen.

»Ganz ruhig! Ich komme ja schon«, meinte Bauer Jakobs. »Eine Pferdedecke haben die Ganoven auch mitgehen lassen, dazu ein Halfter und einen Führstrick. Wenn ich die in die Finger kriege, dann ... dann ...« Er ballte die Hände zu Fäusten.

Noah trat einen Schritt vor. »Darf ich Sie mal was fragen, Herr Jakobs?«

»Aber sicher.«

»Macht es Ihnen eigentlich nichts aus, diese schönen Pferde zu verkaufen? Ich meine ...«

Der Bauer ließ Noah nicht weiterreden. Schroff raunzte er ihn an: »Davon verstehst du nichts! Was sein muss, muss sein. Ich hab zu arbeiten. Es wird Zeit, dass ihr geht.«

Laura hätte sich am liebsten an die Stirn geklatscht. Wie konnte Noah bloß solch eine idiotische Frage stellen! Bauer Jakobs hatte seine geliebte Frau verloren und damit die Freude am Leben. Merkte Noah denn nicht, wie traurig der alte Mann war?

Bauer Jakobs wandte ihnen den Rücken zu und kümmerte sich um die Pferde.

»Kommt, lasst uns gehen«, sagte Nick leise.

Sie verließen den Pferdestall. Mittlerweile war die Sonne aufgegangen, aber ein grauer Schleier lag über dem Morgenlicht.

Sobald sie außer Hörweite waren, stieß Laura Noah den Ellenbogen in die Rippen und sagte: »Du weißt schon, dass du ein Idiot bist, oder? Es ist doch echt nicht schwer, sich vorzustellen, wie sehr Bauer Jakobs darunter leidet, dass er auch noch seine Pferde verkaufen muss.«

»Ich hab's doch nicht böse gemeint!«, verteidigte sich Noah. »War doch nur 'ne Frage.«

Nick sprang in eine Pfütze, dass das Wasser nur so spritzte, und rief: »Erst denken, dann reden!«

Dass sein Freund ihn mit seiner großkotzigen Bemerkung verspottete, brachte Noah auf die Palme. Er zischte: »Kannst du den Klugscheißermodus einmal sein lassen? Wer hat denn den alten Mann so derbe verarscht? Das warst du mit deinem Gelaber von dem falschen Kunden und seinen Komplizen, die hinter dem Haus heimlich das Pferd klauen, während sich vor dem Haus die Kaufinteressenten versammeln.«

Nick blieb ganz cool. »Auf diese Weise haben wir jedenfalls erfahren, dass weder die Kripo noch Bauer Jakobs Manuel und Piet in Verdacht haben. Die haben eine ganz andere Theorie. Professioneller Tierdiebstahl! Wir haben also immer noch einen Vorsprung. Kapiert?«

Laura mischte sich in die Diskussion der beiden Jungen nicht ein. Sie ging voraus auf die klatschnasse Pferdekoppel. Überall waren Hufspuren zu sehen. Am Zaun hingen Fetzen vom rotweißen Flatterband, das die Polizeibeamten zur Absperrung der Koppel benutzt hatten. Am hinteren Teil gab es ein Gattertor, das auf den Feldweg führte. Durch dieses Tor musste Elaria entführt worden sein.

Plötzlich kam ein braunes Fellbündel angeschossen, das sie vor Freude ansprang.

»Hallo, Bonzo!«, rief Laura.

Wer ist wohl dieser Bonzo?
Lies morgen weiter!

8. Dezember

Warum hat Bonzo nicht gebellt?

Überrascht riss Noah die Augen auf und machte einen Satz zurück. »Was ist das denn? Ein geschrumpfter Grizzlybär?«

»Du Spinner!« Laura schob das Fellbündel, das ihr das Gesicht ableckte, sanft von sich und ging in die Hocke. »Bonzo ist ein Superhund. Wahrscheinlich der schlauste der ganzen Welt. Willst du ihn etwa beleidigen?«, fragte sie und fuhr mit den Fingern durch das dichte braune Fell des Hundes.

»Sorry!«, murmelte Noah. »Er könnte auch ein Schaf sein, mit dem vielen Fell.«

Laura verdrehte die Augen und sagte zu Bonzo: »Hör gar nicht auf ihn! Er hat echt null Ahnung von Hunden.«

Der Mischlingshund schaute sich die beiden Jungen genauer an. Plötzlich stieß er ein leises Knurren aus.

Noah schluckte und machte noch einen Schritt nach hinten.

Auch Nick trat jetzt einen Schritt zurück und hielt seinen Rucksack schützend vor sich. »Beißt der?«

»Quatsch, aber Bonzo ist ein Wachhund. Wenn er jemanden nicht kennt und der ihm nicht gefällt, weil er eine Bedrohung für den Hof zu sein scheint, dann schlägt er Alarm.« Laura kraulte Bonzo an den Ohren. »Das sind Freunde von mir, die tun nichts«, erklärte sie dem Hund beruhigend.

Noah lachte erstickt. Das klang ja so, als wären *sie* hier die Bedrohung und nicht dieser große, Furcht einflößende Hund.

Nachdenklich tippte Nick sich ans Kinn. Er war wieder im Detektivmodus und machte sich keine Sorgen mehr wegen Bonzo.

»Fragt ihr euch nicht auch, warum Bonzo nicht gebellt hat, als die Diebe die Pferde aus dem Stall gelassen haben und dann mit Elaria abgehauen sind?«, fragte er Laura und Noah. »Wenn er ein so guter Wachhund ist, dann hätte er doch lospreschen und den Pferdedieben gehörig Angst machen müssen. Oder seh ich das falsch?«

»Vielleicht hat er da gerade geschlafen«, vermutete Noah.

Laura schüttelte den Kopf. »Bonzo kann noch so tief und fest schlafen, wenn irgendwas nicht stimmt, dann ist er ruckzuck wach. Er hat ein Supergehör, so wie alle Hunde.«

»Dann liegt die Antwort auf meine Frage ja auf der Hand«, sagte Nick selbstsicher. Er schien sehr zufrieden mit sich zu sein. »Es ist völlig klar, warum Bonzo nicht gebellt hat.«

»Ach ja?«, meinte Noah.

»Denkt doch mal nach! Bonzo hat nicht gebellt, weil er die Diebe sofort erkannt hat. Und Piet und Manuel sind ihm vertraut. Leute, das ist wieder ein Beweis dafür, dass wir richtigliegen mit unserer Theorie.« Nick klang plötzlich ganz aufgeregt. »Wird der Pferdestall eigentlich abgeschlossen, Laura?«

»Ja, aber erst nach der Abendfütterung. Tagsüber kann da jeder rein und raus. Wieso ist das wichtig?«

»Das bedeutet also, dass man keinen Schlüssel oder Insiderwissen brauchte, um die Pferde aus dem Stall rauszulassen«, schlussfolgerte Nick.

Noah stöhnte genervt auf. »Insiderwissen! Mann, Nick, kannst du mal so reden, dass man dich versteht?«

»Kann ich«, sagte Nick schulterzuckend. »Insider wären in diesem Fall Leute, die zum Hof gehören oder oft hier waren und sich hier bestens auskennen. Capito? Wenn man Insiderwissen brauchte, um die fünf Pferde aus dem Stall zu holen, dann kämen doch sofort Piet und Manuel infrage als Verdächtige. So aber kann es jeder gewesen sein. Logisch?«

»Klar«, meinte Laura.

Noah nickte. »Logisch.«

»Super. Dann lasst uns weiterermitteln«, rief Nick und stapfte los. Noah folgte ihm.

»Tschüss, Bonzo!«, sagte Laura und streichelte dem struppigen Hund über den Kopf, dann eilte sie den Jungs hinterher.

Die drei liefen quer über die nasse Pferdekoppel zum Gattertor am anderen Ende.

Das Tor war mit einem Metallriegel verschlossen, den man aber jederzeit öffnen konnte. Es war also kinderleicht, durch dieses Tor zu verschwinden. Auf dem Feldweg dahinter waren undeutlich Reifenabdrücke von Treckern und anderen Fahrzeugen zu erkennen. Der Regen des Vortags hatte alles aufgeweicht. Kein Wunder, dass die Beamten der Spurensicherung gestern keine verwertbaren Spuren identifizieren konnten, zumal die Dunkelheit ihnen auch noch einen Strich durch die Rechnung gemacht hatte. Manuel und Piet hatten Glück gehabt – aber die Polizeibeamten würden sicher noch einmal wiederkommen.

»Auf diesem Feldweg müssten die Diebe mit dem Pferdetransporter weggefahren sein«, sagte Noah, »aber wohin führt der Feldweg?«

»Nach links in Richtung Billerbeck auf die Kreisstraße, nach rechts geht's zu den Wiesen und Äckern«, erklärte Laura.

»Dann kombiniere ich mal.« Nick rieb sich das Kinn. »Die Polizei geht garantiert davon aus, dass die Diebe Elaria in den Pferdeanhänger gebracht haben und dann zur Kreisstraße gefahren und irgendwohin verduftet sind. Aber sie wissen nicht, was wir wissen. Nämlich, dass Piet und Manuel ganz schön schlaue Füchse sind.«

»Wie meinst du das?«, wollte Laura wissen.

»Weil sie getäuscht haben. Warum haben sie wohl alle fünf Pferde aus dem Stall gelassen, obwohl sie doch bloß Elaria entführen wollten?«

»Oh Mann, Nick, zieh nicht schon wieder so 'ne Show ab!« Noah war eindeutig genervt. »Spuck's schon aus!«

»Bleib mal locker!« Nick grinste. »Meiner Meinung nach gibt es dafür nur einen Grund: ein Ablenkungsmanöver. Es sollte so aussehen, als ob die vermeintlichen Profidiebe mehr als ein Pferd klauen wollten, dann aber gestört wurden und schnell abgehauen sind – mit nur einem Pferd.«

»Das klingt logisch!« Laura sah ihren Klassenkameraden bewundernd an. Er war wirklich ein Superdetektiv.

»Bisher haben Piet und Manuel mit ihren Tricks Erfolg«, sprach Nick weiter. »Die Kriminalpolizei ist ihnen noch nicht auf die Spur gekommen. Das ist zu unserem Vorteil, so haben wir noch die Chance, sie vor der Polizei zu finden.«

»Aber wohin sind Manuel und Piet mit Elaria verschwunden? Wie sollen wir die beiden finden?«, fragte Laura verzweifelt. Wie lange würde es wohl dauern, bis die Polizei irgendwelche Spuren fand, die sie zu ihrem Bruder und Piet führten, oder ihre Eltern merkten, dass Manuel verschwunden war?

»Darüber müssen wir uns jetzt unbedingt Gedanken machen«, sagte Nick ernst. »Wir werden sie schon finden, mach dir keine Sorgen. Du hast immerhin die besten Detektive der Welt um Hilfe gebeten!«

»Amen!« Noah grinste. Ausnahmsweise regte er sich nicht über Nicks Spruch auf.

Laura lächelte. »Danke, Jungs!«

Nick klatschte in die Hände. »Inzwischen haben sich eine Menge wichtiger Fragen ergeben, die wir beim Brainstorming besprechen müssen, damit wir planen können, wie wir weiter vorgehen sollen bei der Suche nach den wirklichen Pferdedieben.«

»Aber Manuel und Piet sind doch keine wirklichen Diebe. Keine bösen jedenfalls«, sagte Laura. Wirklich sicher war sie sich allerdings nicht.

»Auch darüber werden wir beraten«, erklärte Nick.

»Aber nicht hier draußen!« Laura vergrub die Hände in den Taschen ihres Mantels. »Brrrrr! Langsam wird's echt kalt hier draußen, wenn wir hier nur so rumstehen! Lasst uns in den Kuhstall gehen! Bauer Jakobs hält sich dort sicher nicht mehr auf, seit die Kühe verkauft worden sind.«

Wie werden die drei weiter vorgehen?
Lies morgen weiter!

9. Dezember

Geistesblitze und weiße Schokolade

Bonzo, der sich vor der Koppel hingelegt und die Tauben beobachtet hatte, sprang plötzlich auf und bellte laut. Dann flitzte er los.

Nick, Laura und Noah waren sofort alarmiert von Bonzos Bellen. Dann hörten auch sie die Geräusche, die vom Wohnhaus herüberdrangen: das Knallen von Autotüren und Stimmen mehrerer Personen.

»Das sind bestimmt die Bullen«, sagte Noah, »um die Spurensuche fortzusetzen. Ha, die werden nix finden!«

»Lasst uns trotzdem in den Stall«, meinte Nick. »Es ist sicher besser, wenn wir denen nicht in die Arme laufen. Wir sind immerhin sozusagen Konkurrenten, weil wir auch in dem Fall ermitteln.«

Laura ging voraus, die Jungs folgten im Gänsemarsch.

Gruselig und ein bisschen bedrohlich wirkte der dunkle Kuhstall. Ihre Schritte hallten in dem verlassenen Gebäude wider. Laura erinnerte sich nur zu gut an den Duft der Kühe und das Geknister des Strohs. Doch jetzt herrschte hier nur noch eine irritierende Leere.

Nick ließ den Blick durch den Stall schweifen. »Was für 'ne Firma kommt denn demnächst rein in diesen Ex-Kuhstall? Eine Fabrik für Kugelschreiber? Ein Versandlager? Oder vielleicht eine Wellnessklinik für gestresste Weihnachtsmänner?«

»Keine Ahnung.« Laura zuckte mit den Schultern. »Vielleicht eine Schule für Clowns. Das wäre doch was für dich. Können wir jetzt endlich mit dem Brainstorming anfangen? Was genau bedeutet das Wort eigentlich?«

Nick sprudelte sofort los: »Stürme brausen lassen im Gehirn sozusagen. Wenn's ein Problem gibt und alle nachdenken und gemeinsam nach einer Lösung suchen. Geistesblitze und so austauschen. Verstehst du?«

Noah hatte aber erst einmal einen anderen Vorschlag. »Bevor wir die Stürme brausen und die Geister blitzen lassen, sollten wir erst mal was futtern. Was sagt ihr? Dann klappt das mit dem Nachdenken besser.«

»Gute Idee«, meinte Laura und Nick sah das auch so.

Noah zog eine riesige Tafel weiße Schokolade aus der Innentasche seiner Jacke und teilte sie gerecht zwischen ihnen auf. Sie schlangen sie gierig hinunter und suchten sich dann ein geeignetes Plätzchen für ihr Brainstorming unter einem der kleinen Fenster. Die elektrische Melkanlage war schon abgebaut worden, aber im Stall standen noch kleine Melkschemel herum, davon holten sie sich drei und setzten sich darauf.

Nick eröffnete die Brainstorming-Runde. »Sind wir uns einig, dass wir Piet und Manuel für die Entführer von Elaria halten?« Als Noah und Laura nickten, redete er weiter. »Alle Indizien sprechen auch dafür. Indizien sind übrigens Anzeichen dafür, dass eine Theorie mit großer Wahrscheinlichkeit stimmt. Weil Laura ...«

»Das wissen wir, Herr Lehrer!«, knurrte Noah.

Nick ließ sich nicht aus der Ruhe bringen. »Weil Laura erfahren hat, dass Manuel mit seinem Kumpel Lukas verabredet war, aber nie bei ihm aufgetaucht ist und nicht mal eine Nachricht geschickt hat. Weil er nämlich sein Smartphone zu Hause gelassen hat, nachdem er einen geheimnisvollen Anruf von Piet bekam. Und als wir dann auch noch erfuhren, dass bei Bauer Jakobs ein Pferd gestohlen worden war, da erhärtete sich der Verdacht, dass Lauras Bruder in die ganze Sache verwickelt ist.«

Laura stöhnte und verdrehte die Augen. »Warum erzählst du uns das alles noch mal, Nick? Hältst du uns für blöd?«

»Natürlich nicht, aber ich will die Sachlage noch mal zusammenfassen, denn nun stellt sich die entscheidende Frage.«

Laura und Noah sahen ihn neugierig an, aber Nick kam nicht

dazu weiterzureden. Denn plötzlich wurde das Stalltor aufgerissen. Zugiger Wind flutete herein. Die dunkle Silhouette einer großen Gestalt war im Türrahmen zu sehen.

Eine knarrende Stimme fragte: »Was macht ihr hier?«

Die Gestalt kam langsam näher. Es war ein dünner, hochgewachsener Mann. Er trug einen grauen Regenmantel und einen breitkrempigen schwarzen Hut. Mit seiner Taschenlampe leuchtete er Laura und den Jungen ins Gesicht. »Ich hab euch was gefragt.«

Nick hatte sich von dem ersten Schreck erholt. »Wer sind Sie überhaupt und wer gibt Ihnen das Recht, einfach hier so reinzuplatzen und uns auszufragen?«

Der Mann stieß ein grollendes Lachen aus. »Hast ja recht, Junge. Ich bin Hauptkommissar Koslowsky, Kripo Coesfeld. Also, was macht ihr hier?«

Nick sprang vom Melkschemel auf und fragte: »Darf ich bitte mal Ihren Dienstausweis sehen? Kann ja jeder behaupten, dass er ein Kriminalkommissar ist.«

Laura wusste nicht, ob ihr Klassenkamerad mutig oder einfach nur frech war. Was, wenn er den Polizisten verärgerte und der sie deswegen ins Kreuzverhör nahm?

Doch der Kripobeamte blieb gelassen. »Da hast du schon wieder recht, Junge.« Er zog seinen Ausweis aus der Innentasche seines Mantels, hielt ihn Nick vor die Nase und leuchtete mit der Taschenlampe darauf. »Zufrieden?«

Auch Laura und Noah warfen einen Blick auf den Dienstausweis mit dem Foto des Mannes. Er schien echt zu sein.

»Ich frage jetzt zum dritten Mal: Was macht ihr hier?«

»Frühstückspause«, sagte Noah, »wir machen Frühstückspause. Mit weißer Schokolade. Werden wir jetzt verhaftet?«

Kommissar Koslowsky sah Noah finster an. »Ich habe keine Zeit für Scherze, verstanden? Die Sache ist ernst. Wir ermitteln in einem Fall von Diebstahl. Ein Pferd ist gestern Nachmittag von der Koppel verschwunden. Und jetzt will ich endlich wissen, warum ihr euch ausgerechnet an diesem Morgen hier in diesem ehemaligen Kuhstall versteckt habt.«

Laura antwortete ruhiger, als sie sich eigentlich fühlte: »Wir haben uns nicht versteckt. Von meinem Vater habe ich erfahren, dass bei Bauer Jakobs ein Pferd geklaut worden ist, und heute steht's ja auch in der Zeitung. Und da sind wir hergekommen, um Herrn Jakobs zu fragen, ob wir ihm vielleicht ein bisschen helfen können. Im Pferdestall oder so. Wo er doch so allein ist! Aber er will keine Hilfe. Er ist ziemlich stur.«

»Aha. Und woher kennt ihr Herrn Jakobs?«, fragte der Kripobeamte und beobachtete sie alle aufmerksam.

»Wir kennen ihn gar nicht«, sagte Nick. »Mein Freund Noah und ich, wir haben den Bauern vorhin zum ersten Mal gesehen.« Er zeigte auf Laura. »Aber Laura ist öfters hier auf dem Hof zu Besuch und reitet manchmal auch hier. Sie ist unsere Klassenkameradin. Und heute Morgen hat sie uns ganz früh angerufen und gefragt, ob wir mitkommen wollen hierher.«

»Welches ist denn dein Lieblingspferd?«, wollte der Kommissar wissen.

Was hatte diese Frage zu bedeuten? Laura war sofort alarmiert. Nur nicht zu viel sagen! »Mir sind alle fünf Pferde gleich lieb.«

»Haben Sie schon eine heiße Spur?«, fragte Noah aus Neugier, aber auch um von Laura abzulenken.

»Das kann ich euch nicht verraten, solange die Ermittlungen laufen. Wenn ihr Herrn Jakobs helfen wollt, könnt ihr mir aber vielleicht ein paar Fragen beantworten«, sagte Kommissar Koslowsky.

Werden die drei jetzt ins Kreuzverhör genommen?
Lies morgen weiter!

10. Dezember

Die entscheidende Frage

Kommissar Koslowsky fragte hauptsächlich Laura aus: Ob ihr in den letzten Tagen fremde Personen, Autos mit auswärtigen Kennzeichen oder seltsame Spaziergänger in der Nähe des Jakobs-Hofs aufgefallen seien.

Laura hatte erklärt, dass sie den Hof seit ein paar Wochen nicht mehr besucht habe, weil sie nicht mit anschauen wollte, wie das Gehöft immer leerer wurde, und außerdem sei sie mit Proben für das Weihnachtskonzert der Musikschule beschäftigt gewesen.

Also keine sachdienlichen Hinweise für die Polizei. Kommissar Koslowsky wirkte frustriert, weil Laura ihm nicht helfen konnte, aber er schien ihr zumindest zu glauben. Er bedankte sich für ihre Aussage, dann verließ er den Kuhstall.

Sobald er durch den Torspalt verschwunden war, sprangen die drei Kinder auf und eilten zum Eingang des Stalls, um dem Kommissar nachzusehen. Am Gatter hinter der Weide waren zwei Männer in gelben Regenjacken emsig mit irgendwelchen Geräten bei der Arbeit.

»Was machen die zwei Typen dahinten?«, fragte Noah.

Nick zog die Schultern hoch. »Suchen vielleicht Schuhabdrücke oder Fingerspuren oder verlorene Gegenstände.«

»Oh nein! Piet und Manuel haben doch das Gattertor und den Metallriegel angefasst, als sie Elaria entführt haben!« Laura sah die Jungs besorgt an.

»Mach dir mal keinen Kopf, Laura!« Nick zog seinen roten Schal fester um den Hals. »Die hatten bestimmt Handschuhe an. Von denen gibt's keine Spuren am Gatter. Hundertpro!«

Noah stimmte zu. »Können wir uns jetzt endlich mal mit der entscheidenden Frage befassen, die du so groß angekündigt hast, bevor der Bulle aufgetaucht ist?«

»Können wir.« Nick zog das quietschende Stalltor zu.

Sie hockten sich wieder auf die Melkschemel.

»Wenn irgendwas Kriminelles passiert ist, dann werden zuallererst immer die gleichen Fragen gestellt und versucht zu klären: Wer? Was? Wo? Wann? Wie? Diese Fragen konnten wir auch schon für unseren Fall beantworten«, erklärte Nick. »Doch die entscheidende Frage ist noch offen.«

»Aha.« Laura legte den Kopf schief. »Und die wäre?«

»Warum? *Warum* hat der Täter die Tat begangen?«

Laura protestierte: »Manuel und Piet haben doch keine Tat begangen! Warum behauptest du so etwas, Nick? Die sind doch keine richtigen Verbrecher!«

»Nick hat gar nicht so unrecht. Jetzt dürfen wir uns nicht von Gefühlen täuschen lassen«, warnte Noah, »wir müssen uns an die Fakten halten. Es ist doch so, Laura: Selbstverständlich haben Piet und dein Bruder eine Tat begangen, indem sie mit Elaria verduftet sind. Ob es eine gute Tat war oder eine böse, das muss sich noch herausstellen.«

»Genau«, sagte Nick. »Die Frage, ob es eine gute oder eine böse Tat gewesen ist, hat ja auch mit der entscheidenden Frage zu tun. Konzentrieren wir uns also mal darauf! *Warum* haben Manuel und Piet die Stute geklaut?«

»Aber das ist doch klar!«, rief Laura aufgeregt. »Sie wollen verhindern, dass Elaria an irgendeinen Typen verkauft wird, der sich vielleicht nicht gut um sie kümmert.«

»Ach ja?« Nick wirkte nicht überzeugt. »Das ist noch keine logische Erklärung für ihre Tat. Wie wollen sie das denn verhindern? Wollen sie das Pferd zu Hause im Keller verstecken oder es sich in die Hosentasche stecken?« Nick fuchtelte wild mit den Händen herum, er hatte sich richtig in Rage geredet. »Laura, einfach mit dem Pferd abzuhauen, ist keine Lösung. Sie müssen einen echt ausgekochten Plan haben. Es muss eine Antwort hinter der Antwort geben. Elaria heimlich vom Hof zu entführen, war bloß der erste Schritt dieses Plans. Aber was soll danach geschehen?«

»Nick, du bringst mich ganz durcheinander!«, schimpfte Laura. Tränen brannten in ihren Augen. Sie blinzelte sie weg.

»Ganz ruhig!«, meinte Nick. »Beim Brainstorming sagt man alles, was einem durch den Kopf geht. Und jeder Gedanke muss abgewogen werden, wenn wir deinen Bruder und Piet finden wollen. Das darfst du nicht so eng sehen. Hey, heulst du?«

»Quatsch!«, brummte Laura. »Hier zieht's so heftig.«

Noah legte Laura den Arm um die Schultern. »Brauchst dich nicht zu schämen. Du machst dir Sorgen um deinen Bruder. Das ist doch völlig natürlich. Kopf hoch! Wir sind doch ein Team und wir werden sie finden.«

Nick grinste verlegen. Es war ihm peinlich, dass er so übertrieben hatte. »Hat einer von euch 'ne Idee, die uns weiterhilft?«

»Ja, ich«, erwiderte Noah. »Piet ist doch Holländer. Kann es nicht sein, dass er und Manuel mit dem Pferd über die Grenze verschwinden wollen? Vielleicht sind sie ja auch schon drüben. Dann kann die Polizei sie nicht mehr verhaften.«

»Aber Manuel muss doch nach Hause und in die Schule!« Laura sprang vom Melkschemel auf und lief unruhig auf und ab. »Mein Bruder ist doch kein Pferdedieb!«

»Jetzt mal ganz locker!« Nick zog Laura auf den Schemel zurück und zeigte auf Noah. »Deine Idee ist total beknackt. Hier in der Nähe der Grenze arbeiten die deutsche und die holländische Polizei eng zusammen. Wenn bei Piet zu Hause plötzlich ein Pferd rumgaloppiert, dann sieht es doch jeder. Falls die beiden Jungs es überhaupt unbemerkt bis nach Holland schaffen! Wo ist Piet denn überhaupt zu Hause?«

»In der Nähe von Winterswijk. Das ist nicht weit hinter der Grenze«, erklärte Laura.

»Schauen wir's uns mal auf der Landkarte an!« Nick öffnete seinen Rucksack und zog eine Karte vom Münsterland und Umgebung heraus.

Laura guckte in den vollen Rucksack und staunte. »Wow, was für spannende Sachen du dadrin hast! Zeig doch mal!«

Wortlos kam Nick der Aufforderung nach und breitete alles vor ihnen auf dem Boden des Kuhstalls aus: ein Allzwecktaschenmesser, eine Stabtaschenlampe, eine Fotokamera mit Teleobjektiv, zwei Bananen, ein Notizblock mit Kugelschreiber, ein Kompass, eine Packung Zwieback, ein Smartphone, eine Flasche Sprudelwasser, ein Feuerzeug, ein Maßband, ein Nachtfernglas, eine Trillerpfeife, ein Stück Markierungskreide, eine Tüte Weihnachtsgebäck, eine aufgerollte Schnur und eine Lupe.

»Oh Mann, du bist ja ausgerüstet wie ein Superpfadfinder!«, meinte Laura bewundernd.

»Oder wie ein Polarforscher oder so ähnlich.« Noah zeigte auf die Tüte mit dem Gebäck. »Von den Weihnachtsplätzchen könntest du mal was rüberwachsen lassen.«

Nick schüttelte den Kopf und packte die Plätzchen wieder ein. »Erst die Arbeit, dann das Vergnügen, Leute. Und ich bin ausgerüstet wie ein *Detektiv*«, erklärte er bestimmt und klappte die Landkarte auseinander.

Sie beugten sich über die Karte. Nick knipste die Taschenlampe an, damit sie besser sehen konnten. Billerbeck hatten sie schnell gefunden, Winterswijk auch.

Mit dem Maßband prüfte Nick die Entfernung. »Die Luftlinie von Billerbeck nach Winterswijk beträgt mehr als vierzig Kilometer. Luftlinie! Man geht aber nicht immer einfach nur stur geradeaus, sondern muss Wege suchen und Kurven schlagen. Da werden es schnell sechzig Kilometer und mehr. Nee, Leute, das ist in einer Nacht nicht zu schaffen, selbst wenn du Siebenmeilenstiefel hast. Wie ich schon sagte: Noahs Idee ist total beknackt!«

Noah schüttelte heftig den Kopf. »Die müssen doch nicht durch die Nacht latschen!«

Was meint Noah mit seiner Behauptung?
Lies morgen weiter!

11. Dezember

Die Antwort hinter der Antwort

Laura und Nick schauten ihren Freund mit großen Augen an. Sie waren sichtlich verwirrt.

»Wie meinst du das? Wenn Manuel und Piet nicht durch die Nacht flüchten müssen, wie dann? Etwa am helllichten Tag, wenn Autofahrer, Fußgänger und Radler sie mit Elaria sehen könnten?«, fragte Laura schließlich.

Noah tippte auf die Karte und zog mit dem Zeigefinger einen großen Kreis um Billerbeck. »Wir sind doch hier in der absoluten Pferdegegend. Stimmt's?«

»Ja schon. Aber was willst du damit sagen?« Nick betrachtete stirnrunzelnd die Karte.

»Auf jedem zweiten Hof hier gibt's Gäule und Reitsportvereine, also haufenweise Pferde auf den Weiden, wohin du auch schaust ...«

»Jetzt mach mal halblang!«, unterbrach Nick Noahs Redeschwall. »Bei diesem Nieselregen sind die Gäule doch alle im Stall.«

»Egal!« Noah gab nicht auf. »Wenn in dieser Pferdelandschaft zwei junge Männer mit einem Pferd durch die Gegend laufen, dann ist das doch was ganz Normales, Alltägliches. Vielleicht machen sie 'nen Spaziergang, weil sie alle etwas frische Luft brauchen. Was weiß ich! Jedenfalls ist das nichts Außergewöhnliches, nicht in dieser Gegend. Da wundern sich die Leute nicht über so einen Anblick. Logisch oder nicht?«

»Unlogisch!«, rief Nick.

»In diesem Fall total unlogisch«, bestätigte Laura. »Internet, Zeitungen, Radio, Nachbarschaftsgeschwätz – es hat sich doch längst überall rumgesprochen, dass unbekannte Täter von Bauer Jakobs' Hof ein Pferd gestohlen haben. Die Polizei sucht Augenzeugen, die am Freitagnachmittag rund um Billerbeck einen Pferdetransporter gesehen haben. In der Zeitung steht, die Leute sollen die Augen offen halten. Beschreibungen und Bilder von Elaria sind garantiert schon in den Medien zu sehen. Und da glaubst du, unter diesen Umständen könnten Piet und Manuel unbemerkt durch die Landschaft spazieren mit der vermissten Stute? Träum weiter!« Laura lachte, aber es war kein fröhliches Lachen. Eher mutlos.

Nick und Noah diskutierten lautstark weiter miteinander, ob es nicht vielleicht doch möglich war, im Schutz der Wälder bis nach Holland zu verduften – sogar am Tag.

Laura hielt sich raus.

Windböen brachten das Stalltor zum Klappern und ein kalter Zug ließ Laura zittern. Innerlich wurde ihr genauso kalt, als sie darüber nachdachte, wo Manuel die Nacht verbracht haben könnte bei der nassen Kälte. *Er hat zwar seinen Schlafsack dabei, aber das ist doch ein Camping-Schlafsack für den Sommer. Haben Piet und Manuel wenigstens einen trockenen Unterschlupf gefunden für sich und das Pferd? Und haben sie genug Vorräte dabei? Wie lange wollen sie wohl wegbleiben? Unsere Eltern machen sich doch Sorgen, sobald sie was merken!*

»Du bist so ein verrückter Idiot, Manuel!«, flüsterte Laura kaum hörbar.

»Was hast du gesagt?«, fragte Noah.

Laura wurde rot. »Och nix. Ich hab nur gerade an meinen Bruder gedacht.«

»An den denk ich auch«, knurrte Nick. »Der und Piet geben uns ja verflucht knifflige Rätsel auf.« Er nahm die Lupe und fuhr damit über der Landkarte herum. »Schaut euch das mal an! Die grün gefärbten Flächen stellen Wälder dar. Davon gibt's zwischen hier und Winterswijk 'ne Menge, aber es sind kleine Wälder. Und sie haben keine Verbindung zueinander. Straßen sind dazwischen, eine Autobahn sogar, außerdem Dörfer, kleine Städte, offenes Acker- und Wiesenland. Keine Chance, da unbemerkt durchzukommen, schon gar nicht mit einem großen Pferd! Wisst ihr, was das bedeutet?«

Noah riss seinem Freund die Lupe aus der Hand und beugte sich damit über die Landkarte. Nach einer Weile sagte er enttäuscht: »Ich hab's geschnallt. Die Theorie von der heimlichen Flucht nach Holland können wir uns in die Haare schmieren. Ihr habt recht, war 'ne Scheißidee. Jetzt müssen wir von vorn anfangen. Wo sind die beiden bloß abgetaucht?«

Zornig zerrte Nick an seinem roten Schal. »Wir sind wieder am Nullpunkt. Das Brainstorming hat nichts gebracht! So ein Mist!«

»Aufregen bringt gar nichts«, meinte Laura. Sie hatte so angestrengt nachgedacht, dass sie langsam Kopfschmerzen davon bekam. Aber dabei war ihr tatsächlich eine Idee gekommen! »Dass ausgerechnet du so ausflippst, Nick! Du bist doch sonst immer so obercool. Außerdem hast du doch vorhin was Megawichtiges gesagt.«

»Ach ja?« Plötzlich grinste Nick wieder. »Ich bin ja auch der Detektiv mit dem Superhirn.«

Laura verdrehte nur die Augen. »Jaja. Die Antwort hinter der Antwort, hast du gesagt. Jetzt hab ich das erst richtig kapiert.«

»Ich leider nicht.« Noah kratzte sich am Kopf und schaute Laura auffordernd an. »Jetzt lass mich nicht im Dunkeln tappen, spuck's schon aus!«

»Die erste Antwort auf die Frage ›Warum?‹ war: ›Piet und Manuel wollen verhindern, dass Elaria verkauft wird.‹ Klar so weit?«

»Ja«, bestätigte Nick, »aber ich hab das nicht für 'ne logische Erklärung gehalten. Ich hab gefragt: ›Wie wollen sie das denn verhindern?‹ Und ich hab gesagt ...«

Genervt hielt sie Nick den Mund zu. »Jetzt halt mal die Klappe! Lass mich weiterreden. Du hast gesagt: Es muss eine Antwort hinter der Antwort geben.« Laura sah erst Noah, dann Nick an. »Ich glaube, ich hab's! Vielleicht geht es gar nicht so sehr um Elaria, sondern um etwas ganz anderes.«

Für ein paar Sekunden war es vollkommen still im Stall.

Dann schlug Nick Laura so heftig auf den Rücken, dass sie fast vom Melkschemel fiel. »Bravo!«, rief er begeistert. »Du hast den richtigen Durchblick, Laura! Jetzt hat's auch bei mir klick gemacht. Manuel und Piet sind gar nicht auf der Flucht, weder nach Holland noch sonst wohin. Sie haben sich mit Elaria versteckt! Dass ich da nicht selbst drauf gekommen bin.«

»Dann haben sie also einen Plan«, kombinierte Noah. »Aber jetzt stellt sich die Frage: Was haben sie vor?«

Laura legte den Kopf schief und dachte nach. »Vielleicht haben sie sich schon vor Tagen ein Geheimversteck gesucht und bloß auf den richtigen Augenblick gewartet, um mit Elaria zu verschwinden. Könnte gut sein, dass sie gar nicht weit weg sind von hier. Aber was sie vorhaben, kann ich auch nicht sagen.«

»Vielleicht wollen die beiden es erst einmal richtig spannend machen«, schlug Noah vor. »Für große Verwirrung und Panik bei der Polizei und bei Bauer Jakobs sorgen.«

»Nach Winterswijk geht's nach Nordwesten. Hier!« Nick tippte auf die Landkarte. »Aber das haben wir ja abgehakt, weil der Weg zu weit und zu riskant ist. Im Südosten jedoch, nur ein paar Kilometer entfernt, beginnen die Baumberge. Diese Hügelkette ist das einzige größere Waldgebiet in der gesamten Umgebung. Hat Herr Jakobs nicht vorhin gesagt, die Diebe hätten auch eine Pferdedecke mitgehen lassen?«

Laura nickte. »Halfter, Führstrick und eine Pferdedecke.«

Nick rieb sich nachdenklich das Kinn. »Das lässt darauf schließen, dass es kalt ist in ihrem Geheimversteck. Wir sollten uns bei unserer Suche auf die Baumberge konzentrieren. Laura, jetzt kommt es auf dich an!«

Wieso kommt es jetzt vor allem auf Laura an?
Lies morgen weiter!

12. Dezember

Die Spurensuche beginnt

Nach so viel Nachdenken und Kombinieren brauchten die drei Detektive unbedingt eine Pause, um neue Energie zu tanken. Jetzt hatten sie sich die Weihnachtsplätzchen auch redlich verdient, fand Nick, und ließ die Tüte rumgehen.

Während er an einem Plätzchen knabberte, schaute Noah durch das Fenster, vor dem sie saßen. »Ich glaube, die Heinis von der Spurensicherung haben den Abflug gemacht.«

»Detektive glauben nicht«, sagte Nick kauend, »Detektive sammeln Fakten.« Er zog sein Superfernglas aus dem Rucksack und ging zum Stalltor. Sorgfältig prüfte er die Lage. »Die Luft ist tatsächlich rein, die Polizisten sind weg.«

»Sag ich doch«, brummte Noah.

»Dann haben sie die Suche nach Elaria also eingestellt?«, fragte Laura hoffnungsvoll.

Nick schüttelte den Kopf. »Nein, so schnell geben die nicht auf!«

»Aber wenn sie hier nichts gefunden haben, kann die Polizei doch nur noch auf Hinweise aus der Bevölkerung hoffen«, meinte Noah, »und wenn sich niemand meldet ...«

»Ringfahndung!« Nick warf das Wort in den Raum, als müsste es allen ein Begriff sein. Aber als die anderen beiden ihn nur verständnislos ansahen, erklärte er seufzend: »Jetzt werden alle Polizeistationen im Landkreis aktiviert, damit sie systematisch nach dem geklauten Pferd suchen.« Nick ließ die Arme kreisen. »Im gesamten Umkreis!«

»Scheiße!« Laura wurde ganz blass. »Dann wird es doch für Manuel und Piet besonders gefährlich!«

»Sieht ganz so aus.« Nick ballte die Hände zu Fäusten. »Wir müssen sie schnell finden.«

»Ich glaube, ihr irrt euch«, meinte Noah ruhig. »Die Polizei geht doch nach wie vor davon aus, dass es sich um eine Profibande von Tierdieben handelt. Also werden sie vor allem Reiterhöfe in der Gegend kontrollieren, um zu überprüfen, ob da nicht plötzlich eine kastanienbraune Stute im Stall steht, die eigentlich gar nicht zum Pferdebestand des Hofes gehört und die den Dieben abgekauft worden ist. Und im Internet forscht man bestimmt auch schon, ob eine Stute wie Elaria zum Verkauf angeboten wird.«

»Damit könntest du wirklich recht haben. Wäre ein tolles Weihnachtsgeschenk, so ein Pferd wie Elaria«, sagte Nick trocken. »Irgendein stinkreicher Typ braucht vielleicht noch ein Geschenk für seine verwöhnte Tochter. Wieso nicht ein Pferd unterm Christbaum?«

»Und was bedeutet das jetzt alles?«, fragte Laura ein wenig ratlos.

»Dass die Polizeifahndung eigentlich keine Gefahr für Manuel und Piet bedeutet«, erklärte Noah. »So sehe ich das jedenfalls. Die Kripo ermittelt ja aktuell noch in eine ganz andere Richtung.«

»Noah kombiniert gar nicht mal so schlecht«, gab Nick anerkennend zu.

Laura seufzte. »Wenn ihr mal bloß recht habt!«

»Nur nicht den Mut verlieren. Los, lasst uns zu den Baumbergen gehen!«, rief Nick und sprang auf.

Sie verließen den Kuhstall. Draußen war weiterhin niemand zu sehen. Keine Polizeibeamten, kein Bauer Jakobs, kein Bonzo. Sie stapften über die durchweichte Pferdekoppel zum Gattertor am anderen Ende. Der feuchte Boden machte schmatzende Geräusche unter ihren Schritten.

Laura drehte sich zu Nick um. »Du hast vorhin gesagt, dass es jetzt auf mich ankommt. Was hast du damit gemeint?«

»Dass du dich in deinen Bruder hineinversetzen sollst. Die Baumberge sind unser Anhaltspunkt. Wo würdest du dich da verstecken, wenn du Manuel wärst? Es muss sich um ein Versteck handeln, in das auch ein Pferd passt.«

»Keine Ahnung.« Laura schniefte.

Noah öffnete das Gatter und schob den Riegel wieder zu, als Laura und Nick nach ihm auf den Feldweg traten. Dort blieben sie erst einmal stehen und drehten sich ratlos im Kreis.

»Nach links sind sie nicht abgehauen«, sagte Nick, »das konnten wir ja schon ausschließen, weil es da zur Stadt geht. Das wäre eine Strecke für den Pferdetransporter gewesen, den es nicht gegeben hat.«

»Mann, Nick, wieso müssen wir das noch mal durchkauen?« Noah wurde ungeduldig. »Nach rechts weiter auf dem Feldweg oder geradeaus quer durch den Buchenwald, das sind die einzigen Möglichkeiten. In welche Richtung gehen wir?«

»Nach rechts«, entschied Laura. »Sie mussten doch gestern Nachmittag erst mal so schnell wie möglich weg vom Bauernhof. Mit Elaria durch die Büsche und zwischen den Bäumen durchzugehen, hätte zu viel Zeit gekostet.«

Das fanden beide Jungs logisch. Außerdem hätte es auf der weichen Erde am Waldrand zweifellos Abdrücke von Elarias Hufen gegeben und die hätten die Polizisten längst entdeckt. Also weiter auf dem befestigten Feldweg entlang.

Es war seltsam still. Der milchige Morgendunst schien alle Geräusche zu schlucken. Selbst die Schritte der drei Detektive hörten sich gedämpft an, als liefen sie auf einem Teppich.

Nach ungefähr einem halben Kilometer wurde der Weg zu einer lehmigen Zufahrt zu den Wiesen und Feldern mit tiefen Reifenspuren und einem Grasstreifen in der Mitte.

»Augen auf!«, rief Nick. »Irgendwo hier müssen sie den Weg verlassen haben, wenn sie wirklich in Richtung Baumberge unterwegs waren.«

»Schade, dass es nicht geschneit hat«, meinte Noah, »sonst könnten wir ihrer Fährte kinderleicht folgen.«

»Bist du irre?« Nick schaute seinen Freund verständnislos an. »Stell dir mal vor, gestern hätte Schnee gelegen. Welche Chance hätten Piet und Manuel dann gehabt, mit Elaria abzuhauen?

Den feinen Spuren im Schnee hätten die Polizisten genauso gut folgen können und dann hätten sie die beiden ruckzuck gefasst. Mann, Noah, logisch denken!«

»Wo du recht hast, hast du recht«, gab Noah zerknirscht zu.

Laura war ein paar Schritte hinter den Jungs zurückgeblieben. Sie überlegte angestrengt. Wo in den Baumbergen könnte es ein Versteck für Manuel, Piet und Elaria geben, das so sicher war, dass sie dort auf keinen Fall entdeckt werden würden? Sie dachte an die Spaziergänge und Wanderungen, die sie zusammen mit ihren Eltern unternommen hatten, an Pilzsuchen unter dunklen Kiefern, ans Beerenpflücken auf Waldlichtungen, an Erkundungstouren zusammen mit ihrem Bruder ... Aber wo könnte ein Unterschlupf für zwei junge Männer auf der Flucht und ein Pferd sein? So angestrengt Laura auch nachdachte: Ihr fiel einfach nichts ein.

Sie überquerten nun einen schmalen Bach. Unter den Holzplanken rauschte das Wasser, doch die Brücke war stabil, darüber konnten sogar schwere Trecker und Mähdrescher fahren. Manchmal war Laura bei Ausritten mit Piet oder Manuel hier gewesen. Sie dachte an diese Sommer voller Glück zurück.

In diesem Augenblick rief Nick: »Laura, träumst du? Los, wir müssen weiter!«

Ertappt zuckte Laura zusammen. »Ich träume nicht! Ich versuche, mich in meinen Bruder hineinzuversetzen. Das hast du doch gewollt.«

»Und?«

»Und gar nichts! Immer noch nicht. Ich weiß nicht, was er vorhaben oder wo er stecken könnte!«, rief Laura verzweifelt.

»Denk scharf nach!«, forderte Nick.

Noah widersprach seinem Freund: »Entspann dich, Laura. Nicht verkrampfen!«

Wird Laura noch einen Geistesblitz haben?
Lies morgen weiter!

13. Dezember

Ein alter Waldläufertrick

Laura versuchte, sich zu entspannen, so wie Noah es ihr geraten hatte. Aber das war gar nicht so einfach. Nick und Noah zählten darauf, dass ihr etwas einfiel. Und sie selbst setzte sich auch unter Druck, weil sie ihren Bruder endlich finden wollte. Spätestens heute Abend würden ihre Eltern sonst erfahren, dass Manuel verschwunden war und Laura davon gewusst hatte.

Vielleicht sollte sie es ihnen sagen, ihnen von Manuels abenteuerlichem Trip mit Piet und Elaria erzählen. Einerseits wollte Laura ihren Bruder natürlich nicht verraten, andererseits konnte sie es nicht verantworten, dass Manuel noch tiefer in den Schlamassel rutschte.

Verzweifelt raufte sie sich die Haare. Am liebsten hätte sie frustriert aufgeschrien, sich mitten auf den Feldweg gehockt und aufgegeben. Doch in diesem Augenblick wurde ihr bewusst, wo sie waren.

»Stopp!«, rief sie. »Wir sind hier falsch.«

Nick drehte sich zu ihr um. »Was soll das denn heißen?«

»Dieser Feldweg endet hier.« Laura zeigte nach vorn. »Seht ihr? Ende der Fahnenstange. Nur noch Gestrüpp. Und die Richtung stimmt auch nicht mehr. Wir müssen mehr nach Osten, um zu den Baumbergen zu kommen.«

»Schöne Scheiße!«, knurrte Noah. »Also zurück? Vielleicht sind wir ja auch auf der völlig falschen Fährte und haben falsch kombiniert.« Frustriert kickte er einen Stein weg.

»Nicht gleich den Kopf in den Sand stecken!« Nick schlug seinem Freund lässig auf die Schulter. »Ich sehe zwei Möglichkeiten. Die eine ist: Wir sind völlig auf dem Holzweg, dann können wir unsere Aktion abblasen. Die andere: Wir waren in den letzten Minuten nicht aufmerksam genug und haben etwas übersehen. Und ich hab noch gesagt: ›Augen auf!‹«

»Das gilt aber auch für dich, du Großkotz! Also, was ist? Drehen wir jetzt Däumchen?«, fragte Noah ungeduldig.

»Wir gehen ein Stück zurück. Was denn sonst? Aber ganz langsam. Und dabei ...«

»... halten wir die Augen auf!«, riefen Laura und Noah gleichzeitig und lachten.

Nick ignorierte großzügig, dass die beiden sich über ihn lustig machten. »Das wollte ich hören.«

Sie drehten also um. Gebückt und den Wegrand genau unter die Lupe nehmend, gingen sie zurück zum Bach. Gab es im nassen Gras wirklich keine Pflanzen, die von Hufeisen oder Schuhen platt getreten worden waren? Keine Fußspuren in der aufgeweichten Erde? Hatte der Regen gestern Nachmittag tatsächlich alles verwischt? Das konnte doch nicht sein! Nick behauptete, mit detektivischem Spürsinn müsse man Spuren sogar erahnen, selbst wenn die für das menschliche Auge unsichtbar seien.

Laura hielt das für Quatsch. »Spürhunde können so was vielleicht, aber Menschen doch nicht, auch wenn sie Superdetektive sind.«

Noah lachte. »Oder wenn ein ganz doller Stinker seine Duftmarke hinterlassen hat, dann erschnüffelt es sogar der geniale Nick. Ich könnte mir glatt vorstellen ...« Er verschluckte den Rest des Satzes, denn in diesem Augenblick machte er eine entscheidende Entdeckung. Sie hatten den Bach erreicht und halb unter Wasser, halb im Uferschlamm sah er einen Hufabdruck. »Da! Seht ihr auch, was ich sehe?«

Nick ging am Ufer in die Knie. »Ja! Das ist der Beweis. Leute, wir sind auf dem richtigen Weg. Volltreffer!«

Auch Laura beugte sich vor, um den Hufabdruck zu betrachten. »Beeindruckend, dass du das entdeckt hast, Noah! So undeutlich, wie der Abdruck ist.«

»Er hat ja auch 'ne Brille«, brummte Nick. Er hätte den Abdruck sicher gerne selbst gefunden. »Eine Sekunde später hätte

ich die Spur garantiert auch erspäht. Das ist ein alter Waldläufertrick. Piet und Manuel sind ganz schön clever.«

»Aber uns legen sie nicht rein«, meinte Noah.

»Was meinst du mit dem Waldläufertrick?«, fragte Laura.

Nick schien nur darauf gewartet zu haben, dass jemand danach fragte. Er holte tief Luft und fing an zu erklären: »Wenn im Wilden Westen ein Scout oder Waldläufer oder so verfolgt wurde, von Indianern zum Beispiel oder von Räuberbanden, und er Angst hatte, dass die Fährtensucher seine Spuren finden könnten, dann ist er irgendwo in einen Bach oder einen Fluss abgebogen. Ob zu Fuß oder mit seinem Pferd war egal. Hauptsache, die Verfolger entdeckten keine Abdrücke mehr auf dem Boden.«

»Und so haben es Manuel und Piet mit Elaria auch gemacht«, bestätigte Noah. Er zeigte auf das Ufer. »Da, sie haben alles schön glatt gemacht, damit man den Einstiegspunkt nicht mehr sieht. Aber den einen Hufabdruck haben sie übersehen.«

An einer geeigneten Stelle mussten die beiden mit Elaria den Bach wieder verlassen haben. Laura, Nick und Noah mussten diese Stelle nun finden. Hintereinander staksten sie am Uferrand entlang und hielten Ausschau nach weiteren Abdrücken oder anderen Spuren, bis Nick eine Idee hatte.

»Hört mal«, rief er über die Schulter, »einer von uns sollte zum anderen Ufer rüber! Könnte gut sein, dass sie drüben irgendwo ins Gebüsch abgebogen sind, und wir können's von hier aus nicht sehen.«

Laura und Noah fanden den Vorschlag gut, denn noch einmal wollten sie sich nicht verlaufen.

»Mach du das, Noah!«, forderte Nick.

»Wieso ich? Spring du doch! Du hast längere Beine als ich.«

»Aber ich schlepp doch den schweren Rucksack.«

»Den kann ich solange nehmen.« Noah grinste.

Laura hatte keine Lust, sich das Gezanke der Jungs länger anzuhören. Sie machte zwei Schritte rückwärts, rannte los und sprang mit einem Satz über den Bach.

Noah und Nick schauten ziemlich verlegen drein, sagten aber nichts.

Am anderen Ufer stapfte Laura durch struppiges Gras. Sie dachte: *So ähnlich muss das gestern Nachmittag gewesen sein. Piet oder Manuel auf dieser Uferseite, mit Elaria, auf der gegenüberliegenden Seite der andere, der ihre Spuren verwischte. Und das sehr gut, bis auf den einen Abdruck scheint ihnen nichts entgangen zu sein ...*

Laura war so tief in Gedanken versunken, dass sie für einen Moment nicht darauf achtete, wohin sie trat, und geriet auf dem aufgeweichten Boden ins Rutschen. »Woah!«, rief sie und dann, als sie die rutschige Stelle genauer inspizierte: »Hier! Ich hab's gefunden!«

An der Stelle war deutlich zu erkennen, wo Elaria aus dem Wasser geklettert war. Hufabdrücke waren in der weichen Erde zu sehen, Lehmklumpen, lockere Grasbüschel und Rutschstreifen. Wahrscheinlich war die Stute im Schlamm mehrmals gestrauchelt.

Offensichtlich hatten sich Piet und Manuel ab dieser Stelle keine Mühe mehr gegeben, ihre Spuren zu verwischen, weil sie sich nun in Sicherheit fühlten, weit genug weg vom Jakobs-Hof.

Als die drei Fährtensucher sich umsahen, entdeckten sie einen Pfad zwischen den Buchenstämmen, der nach Osten führte, Richtung Baumberge. Laub war aufgewirbelt worden von Elarias Schritten und auch Schuhabdrücke waren im festen Waldboden zu erahnen.

Sie folgten der Spur. Bald hatten sie das Ende des kleinen Waldes erreicht.

Nick zeigte über das abgeerntete Maisfeld, das vor ihnen lag. »Da unten müssen sie die Landstraße überquert haben. Und dann ist's ja nicht mehr weit bis zu den Baumbergen.«

Aber wo in den Hügeln sollen sie suchen?
Lies morgen weiter!

14. Dezember

Alte Götter und neue Hinweise

Während sie wartend an der Landstraße standen, trugen Noah, Nick und Laura die Weltmeisterschaft im Zähneklappern aus.

Der rege Verkehr schien einfach nicht nachlassen zu wollen, aber so kurz vor Weihnachten war das auch kein Wunder.

Die drei zuckten zusammen, als auch ein Streifenwagen der Polizei an ihnen vorbeifuhr.

»Ob das was mit Manuel und Piet zu tun hat?«, fragte Laura besorgt.

»Glaub ich nicht«, sagte Nick gelassen. »Kein Blaulicht, kein Martinshorn. Ich schätze, das ist bloß 'ne Routinekontrolle. An solch belebten Tagen nichts Besonderes, mach dir keine Sorgen.«

Laura nickte, aber auch nach der Erklärung ihres Klassenkameraden hatte sie immer noch ein flaues Gefühl im Magen.

Endlich konnten sie hinüber zur anderen Straßenseite. Zwischen Hecken führte ein Weg in südöstlicher Richtung auf die dunkle Hügelkette der Baumberge zu. Die Autogeräusche verebbten, als sie dem Weg folgten.

»Jetzt wohne ich schon etliche Monate in Billerbeck, aber hier draußen bin ich noch nie gewesen.« Noah ließ den Blick schweifen. Er sah in der Nähe einen hohen TV-Sendemast und weiter weg einen wuchtigen Aussichtsturm. Einzelne Bauernhöfe lagen in der stillen Landschaft, ein paar Wohnhäuser, Stallungen eines Reiterhofes, Ferienblockhütten. Aber jetzt war keine Zeit für solche Erkundungen. Noah zeigte mit dem Kinn nach vorn. »Wie weit ist es noch bis zum Waldrand?«

»Eine Viertelstunde ungefähr, wenn wir nicht trödeln!«, rief Laura. Sie war ein Stück vorausgelaufen. Immer noch beschäftigte sie die Frage: Wo könnte das Versteck von Elaria und ihren Entführern sein?

»Warum heißen die Baumberge eigentlich Baumberge?«, wollte Noah wissen. »Bloß weil da Bäume drauf wachsen?«

Nick schüttelte den Kopf. »Nee, mit Bäumen hat das überhaupt nichts zu tun. Der Name ist im Laufe der Zeit irgendwie vermurkst worden. Bomberge, so muss es richtig heißen, nicht *Baum*berge. Ziemlich weit links von hier, da gibt's einen Hügel, der heißt Bamberg. Nach dem ist irgendwann das gesamte Waldgebiet benannt worden. Bom war der Boss der germanischen Götter.«

»Hä?« Noah schaute seinen Freund skeptisch an. »Ich dachte, Odin war der höchste Gott bei den Germanen. Oder hab ich was verpasst?«

Laura schaltete sich ein. »Odin oder Wotan oder Bom. Er hat viele Namen und hier wurde er halt Bom genannt. Und in den Bombergen gab es eine berühmte Kultstätte für ihn, wo die Leute aus der Umgebung ihm huldigten.«

Noah fand das alles echt spannend. Aufgeregt fragte er: »Und wie sah so 'ne Huldigung an der Kultstätte aus?«

»Ich weiß nicht so genau«, gab Nick zu. »Es war aber wohl immer eine Massenveranstaltung mit Gesängen und Tänzen und Beschwörungsgebeten und so was. Bestimmt wurden Bom auch Opfer gebracht.«

Noah bekam glänzende Augen. »Auch Menschenopfer?«

Nick breitete die Arme aus und flüsterte fast verschwörerisch: »Wer weiß? Das ist doch schon weit über tausend Jahre her. Ich stell mir vor, dass da gewaltige Feuer gelodert haben, wenn die Leute Bom und seine Götterschar um Hilfe angefleht haben im Kampf gegen irgendwelche Feinde.«

»Die christlichen Franken unter Karl dem Großen waren vor allem ihre Feinde«, erklärte Laura. »Die nannten die Germanen aus dem Sachsenland mit ihrer Götterverehrung Heiden und wollten sie auch zu Christen machen. Wenn es sein musste, mit Gewalt. Hier in der Gegend rund um die Bomberge ist viel Blut geflossen. Bischof Ludgerus, oder auch Liudger genannt,

war so um das Jahr achthundert rum der oberste der Christen.«

Noah wirkte beeindruckt. »Was ihr alles wisst, wow!«

»Na ja, nicht so haargenau.« Nick spielte den Bescheidenen. »Aber 'ne geschichtlich interessante Gegend ist das hier schon.«

Das glaubte Noah seinem Freund sofort. »Germanische Kult- und Opferstätte! Da kriegt man ja glatt 'ne Gänsehaut. Mensch, Nick, du musst mal mit mir eine Erkundungstour durch die Baumberge machen. Am besten im Winter, wenn es früh dunkel wird. Dann ist es am gruseligsten.«

»Na klar, mach ich. Dann zeige ich dir auch mal ein paar von den Steinbrüchen. Hier gibt es ziemlich viele. Alles Sandstein. Wird für Kirchenbauten, Häuser und Figuren verwendet. All die Ludgerus-Statuen, die in Billerbeck und in der Gegend des Münsterlands rumstehen, sind aus Sandstein.«

Steinbrüche! Laura riss die Augen auf. Warum war sie nicht eher darauf gekommen? Der verlassene Steinbruch in den Baumbergen, war der nicht das perfekte Versteck für jemanden wie Manuel und Piet?

Schon vor vielen Jahren hatte man aufgehört, aus diesem Gebiet der Baumberge Gestein zu fördern, weil es zu porös war, um der zunehmenden Luftverschmutzung standzuhalten, außerdem gingen die Vorräte allmählich zur Neige. Es war also mehr als unwahrscheinlich, dass sich dort irgendwelche Leute hin verirrten, und damit war der Steinbruch das ideale Versteck.

»Ich hab's!«, rief Laura und hüpfte aufgeregt auf und ab. »Jungs, ich hab's!«

»Was denn?«, fragte Nick, der bei Lauras Gefühlsausbruch erschrocken zusammengezuckt war.

Laura lachte, so erleichtert war sie, dass ihr endlich etwas eingefallen war. »Einen Geistesblitz, Doofi! Der verlassene Steinbruch. Wetten, dass Manuel und Piet sich dort mit Elaria versteckt haben?«

»Aber was wollen sie da?« Noah guckte erst Laura, dann Nick fragend an. »Sich den Hintern abfrieren?«

Nick lief zur Höchstform auf. »Mensch, Noah! Schon vergessen? Genau deswegen sind wir ihnen doch auf den Fersen: Um rauszukriegen, was sie vorhaben.«

»Na also, dann lasst uns los«, rief Laura. Sie war gleichzeitig hoffnungsvoll wie auch verunsichert. Was, wenn sich ihre Idee mit dem alten Steinbruch als Pleite erwies? Aber was, wenn Manuel, Piet und Elaria wirklich dort waren? Sie mussten es zumindest versuchen.

Auch Noah und Nick waren begierig darauf, ihre Theorie zu überprüfen. Sie eilten los, auf den Wald zu. Dabei wechselten sie immer wieder zwischen Rennen und schnellem Laufen ab. Ziemlich außer Puste erreichten sie schließlich den Waldrand.

»Jetzt dringen wir in den Dschungel ein«, raunte Noah. »Welche Gefahren mögen dort drin wohl lauern?«

Nick grinste. »Die Geister der alten Germanen natürlich.«

»Auch nicht schlecht«, lachte Noah. »Ich hatte mehr so an Grizzlybären und Zombies gedacht. Oder Vampire!«

»Hört auf rumzualbern!«, forderte Laura streng.

»Sorry«, murmelte Nick.

Sie suchten gar nicht erst nach Hufabdrücken und Fußspuren auf dem Boden. Das wäre in diesem großen Wald wohl auch sinnlos gewesen. Stattdessen steuerten sie direkt den aufgegebenen Steinbruch an und liefen quer über die Hügel. Laura und Nick kannten die Richtung.

Es ging stetig aufwärts, das war anstrengend. Und weil das Atmen in der kalten Luft schmerzte, redeten sie nicht.

Nach einer Weile stießen sie auf einen überwucherten Weg, der früher einmal die Zufahrt zum Steinbruch gewesen war.

Plötzlich stieß Noah einen Schrei aus.

Was hat Noah so erschreckt?
Lies morgen weiter!

15. Dezember

Spuren im Steinbruch

Mit weit aufgerissenen Augen starrte Noah auf die Landschaft vor sich. Hinter den Bäumen blitzte die Sonne hervor und warf ihr Licht über das Gelände des verlassenen Steinbruchs, sodass es aussah, als stünden die drei Freunde vor einer leeren Bühne. Noah sog den Anblick staunend in sich auf.

»Bist du bescheuert, Noah?«, blaffte Nick seinen Freund an. »Das konnte doch jeder hören. Was, wenn Manuel und Piet jetzt alarmiert sind und das Weite suchen, weil sie nicht wissen, dass nur wir es sind? Was ist denn überhaupt los?«

»Das ist doch total krass hier!« Noah ließ den Blick verzückt über die Felswände schweifen. »Leute, hier könnte man prima Karl-May-Festspiele veranstalten. Das ist die geilste Freilichtbühne der Welt. Ich kann's mir super vorstellen: Winnetou und Old Shatterhand, wie sie aus dem Wald angeritten kommen. Die Gangster warten schon auf sie. Aber sie springen blitzschnell von ihren Pferden und hechten hinter einen Felsbrocken und dann haben die Verbrecher keine Chance mehr und ...«

»Pssst!« Laura hielt sich einen Finger vor den Mund. »Du kannst später vom Wilden Westen träumen! Jetzt müssen wir uns anschleichen – so wie Winnetou.«

Noah riss sich ungern von dem Anblick los. Aber die Vorstellung, durch den Steinbruch zu schleichen wie in einem Westernfilm, konnte seine Laune wieder heben.

»Mir nach!«, sagte Nick mit gedämpfter Stimme.

Geduckt liefen sie an der Felswand entlang. Der Platz war etwa halb so groß wie ein Fußballfeld. Wie ein gigantisches U umgaben ihn die Felswände ringsum. Es war noch deutlich zu erkennen, wie die Maschinen die Blöcke aus dem Sandstein gefräst hatten. Aus den Spalten im Gestein wucherten Sträucher, Hängepflanzen und kleine Bäume. Der bröcklige Boden war kahl, nur hier und da wuchsen Grasbüschel und Moose.

Zielstrebig steuerte Nick eine Ruine auf der südlichen Seite des Platzes an, die anderen beiden blieben dicht hinter ihm.

Das Haus mit dem flachen Dach hatte früher wohl als Werkzeugschuppen oder Materiallager gedient. Jetzt war es verlassen, die Tür hing nur noch geradeso in den Angeln und die Fensterscheiben waren alle zerschlagen.

Laura war auf den Wanderungen mit ihren Eltern und Manuel schon einige Male in diesem Spukhaus gewesen. Jedes Mal hatte sie sich dabei gegruselt, obwohl sie schon mehrmals dort gewesen war und auch nie allein. Manuel hatte sich immer lustig gemacht über sie, wenn sie sich gesträubt hatte, auch nur in die Nähe des Hauses zu gehen.

Ihr Bruder dagegen hatte kein bisschen Angst, im Gegenteil: Er hatte sogar im letzten Sommer mit Lukas und seinen Freunden hier Party gemacht. Als sie sich daran erinnerte, wunderte sie sich, dass ihr der Steinbruch nicht früher eingefallen war.

Noah entdeckte Spuren in einer matschigen Pfütze und blieb abrupt stehen. »Ich sehe was, was ihr nicht seht!«

Sofort blieben auch Laura und Nick stehen und folgten Noahs Blick. Die Hufabdrücke waren zwar ein wenig zerlaufen, aber dass sie nicht von einem Wildschwein oder einem Reh stammten, das war eindeutig.

»Pferdespuren.« Nick reckte triumphierend die Faust in die Höhe. Dass ihm die Spuren nicht selbst aufgefallen waren, schien ihn diesmal nicht zu ärgern. »Unsere Theorie war richtig! Wir sind fast am Ziel.«

Laura bemerkte, dass die Spitzen der Hufspuren zum Haus zeigten. Auch dieser Verdacht von ihnen wurde damit bestätigt. »In der Hütte müssen sie übernachtet haben. Ob sie noch da sind?« Angestrengt kniff sie die Augen zusammen und versuchte, etwas aus der Entfernung auszumachen. Aber hinter den zersprungenen Fensterscheiben war nichts zu erkennen. Und außer dem Wind war auch kein Geräusch zu vernehmen.

»Da ist nichts«, sagte Noah frustriert.

»Das werden wir ja sehen.« Nick zog sein Fernglas aus dem Rucksack. »Ihr bleibt in Deckung, okay?«

»Und was machst du?«, fragte Noah.

»Doofe Frage, Alter. Ich schleiche hin und peile die Lage und dann gebe ich euch ein Zeichen ...«

»Auf keinen Fall!«, zischte Laura. »Willst du mal wieder den Helden spielen? Wir gehen zusammen oder gar nicht. Basta.«

Zwar nörgelte Nick noch ein bisschen, aber Noah und Laura hörten gar nicht mehr zu. Also huschten sie gemeinsam über das Gelände und gingen hinter Gesteinsbrocken nahe des Hauses in Deckung.

»Piet und Manuel haben sich in Luft aufgelöst«, flüsterte Noah, nachdem sie einige Minuten in ihrer Deckung verharrt und vergeblich auf Geräusche oder Bewegungen gelauert hatten.

»Menschen lösen sich nicht einfach in Luft auf«, gab Laura zurück, »Pferde auch nicht.«

Nick verließ die Deckung und düste los, auf das Haus zu. Ängstlich hielt Laura den Atem an, als er vor der kaputten Tür stehen blieb und einfach nur ins Innere starrte. Schließlich bedeutete er ihnen mit einer Handbewegung, zu ihm zu kommen, und sie eilten an seine Seite.

»Hier stinkt's«, stellte Noah nüchtern fest.

»Blitzmerker!« Nick zögerte kurz, gab sich dann aber einen Ruck. »Wir müssen trotzdem da rein. Los geht's!«

Modriger Geruch schlug ihnen entgegen, als sie das Haus betraten. Spärliches Licht drang durch die Fensteröffnungen herein. Überall lag Gerümpel herum und Wasserlachen hatten sich auf dem Boden gebildet.

Laura deutete zum Durchbruch in der rechten Wand. »Da geht's weiter.«

Sie gingen darauf zu, als plötzlich Geräusche zu vernehmen waren: zuerst ein Scharren, dann ein Prusten.

Kurz erstarrte Laura zur Salzsäule, aber dann begriff sie. Mit großen Schritten eilte sie in den Nebenraum. Die Jungs waren dicht hinter ihr.

»Elaria!«, rief Laura erleichtert.

Die kastanienbraune Stute drehte den Kopf zur Seite. Sie hatte die Ohren gespitzt und wieherte leise. Kein Zweifel, sie hatte Laura sofort erkannt und schien sich zu freuen.

Zärtlich streichelte Laura über die Flanke der Stute, die von einer Pferdedecke geschützt war, dann schlang sie ihre Arme um Elarias Hals, flüsterte beruhigende Worte und fuhr mit den Fingern durch ihre Mähne. Die Stute schnaubte.

»Sie freut sich«, sagte Laura leise.

»Das kann man sehen.« Noah berührte Elaria zaghaft am Hals. »Das ist das erste Mal, dass ich ein Pferd anfasse. Fühlt sich gut an. Und sie ist echt ein schönes Pferd.«

»Stimmt.« Jetzt streichelte auch Nick Elaria. »Wenn ich ein Pferdedieb wär, dann würde ich Elaria auf der Stelle klauen. Sie ist auch so lieb. Und Bauer Jakobs will sie echt verkaufen? Nicht zu fassen!«

»Seit dem Tod seiner Frau ist er verändert«, erklärte Laura und streichelte Elarias Hals. Ihr wäre es auch lieber, wenn Bauer Jakobs die Pferde behalten würde. Aber das hatte sie nicht zu entscheiden.

Nick lief in dem kleinen Nebenraum umher und sah sich um. Auch die anderen beiden lösten sich schließlich von Elaria und nahmen alles unter die Lupe.

Stroh lag auf dem Fußboden und an der Wand lehnte ein Sack mit Futter. Auf der Fensterbank entdeckten die drei eine Plastikschüssel mit Wasser und ein paar Möhren. Aber viel spannender waren die zwei Schlafsäcke und Decken in einer Ecke. Dort hatten offenbar Manuel und Piet geschlafen.

Aber wo stecken die beiden?
Lies morgen weiter!

16. Dezember

Alles nur Erpressung?

Verständnislos blickte Laura auf die einsamen Schlafsäcke am Boden und fing plötzlich an zu lachen. Sie kriegte sich gar nicht mehr ein.

Die beiden Jungs sahen sie besorgt an, doch als sie auch dann nicht aufhörte, war es mit Nicks Geduld vorbei. »Mensch, Laura! Soll man denn bis China hören, dass wir hier sind? Wir ermitteln in einem Kriminalfall, schon vergessen? Was ist überhaupt los mit dir?«

Die Predigt schien zu sitzen: Laura beruhigte sich langsam und atmete tief durch. »Tut mir leid. Ich bin ein bisschen durch den Wind, weil ich das alles nicht verstehe. Jetzt haben wir zwar Elaria gefunden, aber von Manuel und Piet gibt es weit und breit keine Spur.«

»Ich versteh das auch nicht«, meinte Noah. »Erst entführen Manuel und Piet das Pferd und sorgen für einen riesigen Wirbel auf dem Bauernhof und dann hauen sie einfach ab?«

Nick widersprach: »Die sind nicht einfach abgehauen. Das gehört alles zu ihrem Plan, den wir noch nicht kennen. Verdammt, wo mögen Manuel und Piet bloß stecken? Noah, du bist jetzt der Beobachtungsposten. Versteck dich draußen hinter 'nem Steinbrocken und gib uns ein Signal, wenn die beiden auftauchen sollten.«

»Wieso ich? Warum spielst du nicht den Ausspäher?«

»Weil du die scharfe Brille hast. Und weil ich erst mal Fotos machen muss von dieser Szene hier. Alles muss ordentlich dokumentiert werden, capito? Das ist Beweismaterial. Könnte gut sein, dass wir das später brauchen.« Nick drückte Noah das Fernglas in die Hand. »Hier, das verstärkt deine Brille. Vielleicht treiben sich ja auch Fremde in der Gegend rum, sei also wachsam.«

»Bei dem miesen Wetter? Da läuft doch keine Sau in den

Baumbergen rum.« Noah schaute finster drein. Auch er hatte keine Lust, bei dem Wetter draußen rumzuhocken.

»Und was ist, wenn sich jemand 'nen kostenlosen Weihnachtsbaum besorgen will? Das ist genau das richtige Wetter dafür, weil sonst niemand draußen unterwegs ist, der ihn dabei erwischen könnte«, behauptete Nick.

Noah tippte sich an die Stirn. »Du vermutest echt überall Verbrecher, oder?« Kopfschüttelnd hängte er sich das Fernglas um und verschwand nach draußen.

Während Nick alles fotografierte, kümmerte sich Laura um die Stute und sah sich noch einmal aufmerksam in dem Raum um. »Manuel und Piet müssen dieses Versteck schon vor Tagen vorbereitet haben. Futter für Elaria, das Stroh, Proviant ...«

Sie hielt Elaria eine Möhre hin und deutete mit der freien Hand in die Ecke mit den Schlafsäcken, wo die Reste eines Feuers glommen. »Das wird nicht viel genutzt haben gegen die Kälte. Was haben sich die beiden bei der ganzen Aktion nur gedacht? Erst werden sie zu Verbrechern und dann holen sie sich hier draußen auch noch den Tod!«

»Stimmt, die zwei haben das alles echt gut geplant.« Nick wirkte nachdenklich. Schließlich sagte er: »Ich glaube, ich weiß, um was es bei dem Pferdeklau wirklich geht.«

Laura sah ihn mit großen Augen an. »Wirklich? Und um was?«

»Um Erpressung.«

»Spinnst du?«, fuhr sie Nick an. »Mein Bruder ist doch kein Erpresser! Das ist echt 'ne Scheißidee, Nick!«

Beschwichtigend hob Nick die Hände. »Dreh nicht gleich durch und hör dir erst mal alles an, okay? Jakobs hat doch durch den Verkauf der Grundstücke, Gebäude und der Landmaschinen plötzlich 'ne Menge Kohle. Richtig?«

Laura kniff die Augen zusammen. »Schon möglich. Worauf willst du hinaus?«

Nick seufzte. »Jetzt guck mich nicht so an, als würdest du mir

gleich an die Gurgel gehen! Es ist ja auch nur 'ne Theorie. Aber könnte es nicht sein, dass Piet auch ein Stück von dem großen Kuchen abhaben möchte? Bauer Jakobs hat ihn entlassen, er ist also gerade arbeitslos. Und traurig und total enttäuscht ist er garantiert auch. Also fasst er zusammen mit Manuel einen Plan: Elaria entführen und ein Lösegeld für sie fordern.«

»Auf so eine Gemeinheit würde Manuel sich nie im Leben einlassen. Nie! Und Piet auch nicht. Hör auf, so einen Mist zu reden!« Vor lauter Wut machte Laura eine so heftige Armbewegung, dass Elaria erschrocken zusammenzuckte. Sofort beruhigte Laura sie, indem sie ihr leise zuredete und mit den Fingern durch ihr weiches Fell fuhr.

»Ich verstehe ja, dass du deinen Bruder in Schutz nehmen möchtest, aber wenn Kriminalisten einen Fall aufklären wollen, dann müssen sie alle Möglichkeiten in Erwägung ziehen.« Nick sprach leise, als wolle er sie auf diese Weise ebenfalls beruhigen. »Auch wenn's wehtut! Laura, du hast Noah und mich um Hilfe gebeten. Da darfst du nicht sauer werden, wenn ich Fakten kombiniere und Theorien aufstelle. Die Lage ist ernst. Wir sind hier nicht auf dem Ponyhof.«

Laura sagte nichts, sie musste erst einmal nachdenken. Dabei kamen ihr Zweifel. Lag Nick denn wirklich so falsch mit seinen Überlegungen? Nur weil sie nicht wollte, dass Manuel in eine Straftat verwickelt war, durfte sie doch nicht ausschließen, dass Piet und er vielleicht wirklich gefährlichen Blödsinn verzapften. Dennoch: Erpressung passte einfach nicht zu ihnen. Sie mussten andere Gründe für ihre Tat haben.

»Redest du jetzt nicht mehr mit mir?«, fragte Nick. »Du darfst nicht eingeschnappt sein, nur weil ich ...«

Laura hob die Hand, damit er für einen Moment still war. »Erpressung ist nicht das richtige Wort. Ich glaube, es ist eher so etwas wie ein ... Hilferuf!«

»Hilferuf? Puh, hört sich ziemlich dramatisch an. Was für einen Grund hätten sie denn für einen Hilferuf?«

»Du suchst doch dauernd nach ihrem Motiv. Und ich garantiere dir: Es geht auf keinen Fall um Geld, so sind die beiden nicht«, versicherte Laura.

Nachdenklich kratzte sich Nick am Kinn. »Sondern?«

»Es geht um Piets Job und um die Pferde.« Laura hatte keine Zweifel mehr. Das musste einfach der Grund für Manuels und Piets Tat sein. Sie schätzte sie bestimmt nicht so falsch ein.

Nick schwieg kurz, dann klatschte er in die Hände. »Der Gedanke ist gar nicht mal so doof, Laura, der könnte glatt von mir sein. Piet hat also gern auf Jakobs' Bauernhof gearbeitet, ja?«

»Das kannst du aber laut sagen!«, meinte Laura. »Und ich bin mir sicher, er will erreichen, dass Herr Jakobs ihn wieder einstellt. Manuel unterstützt ihn dabei.«

»Und wenn schon der Hof aufgegeben wurde, dann sollen wenigstens die Pferde nicht auch noch verkauft werden. Also entführen Manuel und Piet die Stute. Und fordern dann, dass Jakobs keins von den Pferden verhökert und dass er Piet seinen Job zurückgeben soll, wenn er Elaria zurückwill. So in etwa.«

»Genau so stelle ich mir das vor.«

»Eine Erpressung ist es trotzdem, Laura«, meinte Nick.

Laura druckste ein wenig herum. »Na ja, aber keine böse. Sie meinen's doch irgendwie gut. Wenn er die Pferde behält, ist das doch auch für Herrn Jakobs gut. Wo er doch so traurig und allein ist!«

»Leider gibt es da einen Denkfehler. Um fünf Pferde zu versorgen und die Leute zu betreuen, die hin und wieder zum Reiten kommen, braucht Bauer Jakobs doch keinen Angestellten. Das könnte er sich doch gar nicht leisten.«

Plötzlich ertönte ein Pfiff.

Die beiden erstarrten.

»Das muss Noah sein. Da kommen welche!«, flüsterte Laura.

Kommen da Piet und Manuel oder Fremde?
Lies morgen weiter!

17. Dezember

Raubtiere in freier Wildbahn

Schnell liefen Laura und Nick nach draußen.

Noah kauerte geduckt hinter einem Steinbrocken und deutete aufgeregt zum abschüssigen Ende des Geländes.

Mit den Böen des Westwindes drangen die Geräusche herüber, die er gehört hatte und die jetzt auch Laura und Nick vernehmen konnten. Stimmen!

Die beiden eilten zu Noahs Versteck und duckten sich ebenfalls hinter den großen Stein.

»Du bist jetzt gefragt, Laura! Klingt das nach Manuel und Piet?«, fragte Nick angespannt.

Laura lauschte angestrengt, dann schüttelte sie den Kopf. »Nee, meinen Bruder würde ich auf jeden Fall erkennen.«

Nick wirkte nicht überrascht, so als hätte er mit dieser Antwort schon gerechnet. Doch begeistert schien er auch nicht zu sein. »Jetzt haben wir den Salat. Sie kommen näher.«

»Was machen wir denn jetzt?«, fragte Noah nervös. Normalerweise brachte seinen Freund nichts so schnell aus der Ruhe und er hatte für alle Fälle immer einen Plan! »Hauen wir ab?«

Finster sah Laura ihn an. »Wir können doch Elaria nicht allein lassen!«

»Ach nein?« Noah warf Laura einen genervten Blick zu. »Und was ist mit Piet und Manuel? Die haben das Pferd doch auch allein gelassen. Vielleicht ist das die Polizei. Von denen dürfen wir uns auf keinen Fall erwischen lassen! Die denken sonst bestimmt, dass wir Elaria entführt hätten.« Noah zeigte zu dem eingefallenen Haus. »Der Beweis steht ja dadrin.«

»Haltet doch mal die Klappe!« Nick hatte die Hände hinter die Ohren gelegt und lauschte. »Keine Polizei«, stellte er fest. »Das sind Jugendliche. Schnell, wir verstecken uns hinter dem Haus!«

»Hoffentlich macht Elaria keinen Lärm!«, meinte Laura besorgt und folgte den Jungs, die an der Hauswand entlangschlichen.

Die Stimmen kamen immer näher und wurden immer lauter. Und dann erschienen die Lärmenden auf dem Trampelpfad, der zwischen Büschen und Gestrüpp auf den leeren Platz des ehemaligen Sandsteinbruchs führte.

Den drei Detektiven klappten die Kinnladen herunter.

Mountainbikefahrer! Vier jauchzende Mountainbikefahrer. Offenbar hielten sie dieses abenteuerliche Gelände für die ideale Piste, um einen kleinen Wettbewerb untereinander auszutragen.

Noah lugte um die Hausecke. »Ich schätze mal, die sind kaum älter als wir. Ob wir die kennen?«

Bestimmt schüttelte Laura den Kopf. »Das sind sicher Havixbecker, die kommen zumindest aus der Richtung.«

Die Jugendlichen trugen Schutzhelme und hatten die Reißverschlüsse ihrer Jacken und ihre Schals bis zu den Nasenspitzen hochgezogen. Ihre Gesichter waren also nicht zu sehen.

Mit großen Augen und bewunderndem Blick beobachtete Noah die vier. Sie beherrschten ihre Geländefahrräder fast so gut wie Cowboys ihre Pferde. In atemberaubendem Tempo umkurvten sie Steinbrocken und andere Hindernisse, preschten haarscharf an der Felswand vorbei, hüpften über Löcher im Gestein und benutzten Erdhaufen als Sprungschanzen. Und sie riefen dabei aufgeregt durcheinander: »Ich bin der Weltmeister von ganz Münsterland!« – »Und ich der vom gesamten Universum!« – »Alle weg, ich mach jetzt einen doppelten Salto!« – »Du Angeber, du fährst doch wie 'ne Oma!«

»Hoffentlich kommen sie nicht zu nah ans Haus!« Nick zupfte nervös an seinem roten Schal herum. »Wenn sie Elaria entdecken ...« Er musste den Satz nicht beenden, Noah und Laura verstanden auch so, worauf er hinauswollte.

»Mal bloß nicht den Teufel an die Wand!« Voll Sorge bemerkte Laura, dass sich die vier Biker in höllischem Tempo von der Felswand her näherten und Nicks Befürchtung drohte, sich zu bewahrheiten. »Jungs, ich hab echt Schiss«, flüsterte sie.

»Lehnt euch nicht so weit vor!«, mahnte Nick. »Köpfe einziehen!«

Die beiden reagierten gerade rechtzeitig.

Einer der Biker hatte einen Vorsprung gewonnen und stieß einen lauten Jubelschrei aus, als er auf die kaputte Tür zuraste.

»Pass auf, Paul!«, schrie einer seiner Kumpels. »Bremsen, bremsen!«

»Mach dir nicht in die Hose, bin dabei!«, rief Paul über die Schulter zurück. Doch sein geplanter Trick ging schief: Auf dem schlammigen Boden vor dem Hauseingang griffen die Reifenprofile nicht. Mit Karacho wurde er von seinem Bike geschleudert und schlitterte auf dem Hosenboden in den Vorderraum hinein. »Oh Scheiße!«, schrie er gellend.

Die anderen Biker sprangen erschrocken von ihren Rädern und kamen gerannt, um ihrem Freund zu helfen. Der hockte auf dem Fußboden und rieb sich das linke Knie.

»Paul, bist du verletzt?«

»Warum hast du nicht früher gebremst, Mann?«

»Tut's weh?«

Paul stieß einen Laut aus, der wohl ein lässiges Lachen sein sollte. »Biker sind harte Hunde. Das wisst ihr doch!«

Mit angehaltenem Atem hatten Noah, Laura und Nick durch Risse in der Holzwand die Notlandung des Jungen beobachtet. Keiner von ihnen wusste, was sie nun tun sollten.

Die vier Jugendlichen hatten ihren Schock mittlerweile überwunden und feixten wieder herum.

Einer von ihnen brüllte: »Paul ist der beste Tiefflieger der Baumberge!« Und die anderen stimmten lachend zu.

Doch plötzlich waren andere Geräusche zu hören, die das Lachen der vier übertönten: ein Knall, dann ein Schaben auf dem Boden. Der Lärm hatte Elaria aufgeschreckt.

»Hey, seid mal ruhig!«, rief Paul. »Da poltert was im hinteren Raum. Hört sich irgendwie gefährlich an. Ich guck mal nach ...«

Panisch dachte Laura: *Jetzt sitzen wir voll in der Falle.* Dann sah sie verblüfft zu, wie Nick sich wie ein Kletteraffe am Fallrohr der Regenrinne hinaufzog und auf das Flachdach kletterte, sich dort auf den Bauch legte und wegrobbte. Was hatte er bloß vor?

Die Geräusche im Haus waren plötzlich verstummt und es herrschte eine unheilvolle Stille. Doch dann war Elarias Schnauben zu hören, unwirklich laut in der Ruhe – und kurz darauf ein schriller Schrei und Getrampel, als Paul zu seinen Freunden zurückrannte.

»Dadrin ist ein riesiges Monster mit Fell! Ein Ungetüm!«, rief er und floh aus dem Haus. »Weg hier, los!«

Die anderen Biker lachten und klatschten Beifall. Offensichtlich hielten sie Pauls Flucht aus der Holzbaracke für eine Show.

Doch das war der perfekte Moment für Nick, um seinen Plan in die Tat umzusetzen. Er lag flach auf dem Teerpappedach und hatte geduldig gewartet. Von unten konnte man ihn nicht sehen. Jetzt formte er seine Hände zu einem Trichter und brüllte mit möglichst tiefer Stimme: »Achtung, Achtung! Hier spricht die Polizei! Verlasst sofort das Gelände des Steinbruchs! Es besteht höchste Lebensgefahr! Ich wiederhole: Verlasst sofort das Gelände. Es besteht höchste Lebensgefahr! Aus dem Zoo in Münster sind Raubtiere ausgebrochen! Wir evakuieren das gesamte Gebiet!« Und halblaut rief er noch: »Verpisst euch!«

Laura fasste sich an den Kopf. Eben hatte sie noch kurz geglaubt, dass sein Plan tatsächlich Erfolg haben könnte. Aber jetzt war Nick voll durchgedreht und hatte zu sehr übertrieben.

Doch zu ihrer Überraschung wirkte Nicks Geschrei tatsächlich. Erschrocken packten die Mountainbiker ihre Räder, warfen sich gegenseitig unsichere Blicke zu und verließen schnell das Haus.

Hat Nicks Trick tatsächlich funktioniert?
Lies morgen weiter!

18. Dezember

Detektive geben niemals auf

Die Biker hatten zwar schnell die Flucht ergriffen, doch nach dem ersten Schreck begriffen sie scheinbar, dass sie reingelegt worden waren. Laura und die Jungen konnten nämlich beobachten, dass die vier Jugendlichen am Anfang des Trampelpfades stehen blieben und die Köpfe zur Beratung zusammensteckten. Sie waren zu weit weg, um etwas von ihrem Gespräch aufzuschnappen, aber anscheinend waren sie sich nicht einig, ob sie zurückfahren und nach dem Typen suchen sollten, der sich als Polizeibeamter ausgegeben hatte, um ihn sich vorzuknöpfen, oder ob sie sich erst einmal aus dem Staub machen sollten.

»Sie können uns nicht sehen«, sagte Noah leise lachend, »sie wissen nicht, wie viele wir sind und ob wir nicht vielleicht sogar gefährlich sind. So wie echte Banditen.«

Laura seufzte. »Oder wie Pferdediebe. Denn dass das Ungetüm, das Paul nach seinem Sturz gesehen haben will, in Wirklichkeit ein Pferd ist, das werden sie garantiert inzwischen geschnallt haben.«

Das vermutete Nick, der in der Zwischenzeit vom Dach gesprungen war, auch. »Bestimmt. Es wird sich ja längst in der ganzen Gegend rumgesprochen haben, dass Bauer Jakobs' ein Pferd geklaut worden ist. Da braucht man nur eins und eins zusammenzuzählen. Die glauben jetzt sicher, dass sie das gestohlene Pferd entdeckt hätten.«

»Und den vermeintlichen Pferdedieb gleich dazu, weil du so blödes Zeug quatschen musstest«, meinte Laura spitz.

»Aber mit meinem blöden Zeug hab ich die Biker erst einmal vertrieben«, gab Nick zu bedenken. »Hab ich recht oder hab ich recht?«

»Okay, okay, hast du«, gab Noah zu, »aber wie geht's nun weiter?«

»Keine Ahnung«, erwiderte Nick schulterzuckend.

»Dann geben wir am besten auf«, sagte Noah. »Ich hab Hunger, mir ist schweinekalt und ich hab Schiss. Geb ich ehrlich zu.«

Nick tippte seinem Freund an die Stirn. »Alter, das will ich nicht gehört haben, okay? Detektive geben niemals auf.«

»Aber wenn uns Kommissar Koslowsky und seine Leute hier finden?! Dann halten die uns doch für Elarias Entführer. Willst du etwa im Knast landen?«

»Du redest vielleicht einen Unsinn! Wir sind doch noch gar nicht strafmündig. Man muss mindestens vierzehn sein und wirklich ziemlich großen Mist gebaut haben. Außerdem sind wir unschuldig. Wir brauchen jetzt eine Idee, wie wir weiter vorgehen.«

»Dann lass dir mal was einfallen!« Trotzig verschränkte Noah die Arme vor der Brust.

Nick rieb sich die kalte Nase. »Die vier Typen werden nach Hause brettern und allen Leuten berichten, was sie im Haus im Steinbruch entdeckt haben, und dann erfährt's natürlich die Polizei. Was folgern wir daraus?«

»Dass wir schnellstens verschwinden müssen. Sag ich doch«, brummte Noah.

»Genau! Und zwar mit dem Pferd. Wir dürfen Piet und Manuel nicht im Stich lassen. Sonst wären wir nämlich Verräter.«

Noah öffnete den Mund, um zu protestieren. Doch er wusste, dass das bei seinem Freund keinen Sinn haben würde. Denn was Nick sich in den Kopf gesetzt hatte, würde er auch in die Tat umsetzen.

Laura wollte sich die Diskussion der Jungs nicht weiter anhören. Als sie um die Hausecke lugte, stellte sie fest, dass die vier Mountainbiker nicht mehr zu sehen waren. Schnell lief Laura ins Haus zu Elaria. Die allgemeine Aufregung hatte sich auf die Stute übertragen. Sie zerrte am Strick, um sich von dem Rohr loszureißen, und wieherte ängstlich.

Vielleicht kann sie meine Angst spüren, überlegte Laura. Doch die konnte sie nicht einfach so abschalten.

»Ruhig, Elaria, ganz ruhig!« Sanft tätschelte sie den Hals des Pferdes und fing einfach an zu singen. »Süßer die Glocken nie klingen als in der Weihnachtszeit ...«

Elaria lauschte, ihre Ohren zuckten.

Noah und Nick kamen herein und Laura unterbrach verlegen ihren Gesang.

»Nix wie weg!«, sagte Nick. »Kannst du mit dem Pferd umgehen, Laura? Wir nehmen Elaria selbstverständlich mit. Noah meinte zwar, wir sollten aufgeben, aber ...«

»Stopp!«, rief Noah empört. Was sollte Laura denn von ihm denken? »Das war doch bloß 'ne Überlegung, weil wir einfach nicht weiterwussten. Ich bin kein Feigling, Laura. Wir halten natürlich zusammen. Aber wohin können wir denn flüchten mit dem großen Pferd? Wir können uns ja schlecht unsichtbar machen. Kennt ihr ein anderes Versteck?«

In Lauras Kopf überschlugen sich die Gedanken geradezu. Ein anderes Versteck? Ihr wollte einfach nichts einfallen, was sie ziemlich frustrierte. Hatten sie die Antwort auf eine Frage endlich gefunden, standen sie schon vor dem nächsten Problem. Wie sollten sie dieses ganze Schlamassel, das Piet und Manuel verursacht hatten, nur wieder geradebiegen?

All das Grübeln brachte sie jetzt nicht weiter, entschied Laura schließlich. Jetzt war es erst einmal wichtig, dass sie rasch aus dem Steinbruch verschwanden. Sie zupfte die Decke auf Elarias Rücken zurecht, doch als sie dann den Strick von dem Rohr lösen wollte, stutzte sie. »Aber was ist, wenn Piet und Manuel zurückkommen und Elaria ist verschwunden?«

»Wir hinterlassen ihnen eine Nachricht.« Nick klopfte auf seinen Rucksack. »Ich hab doch einen Schreibblock und einen Stift dabei.«

Energisch schüttelte Noah den Kopf. »Erstens kann es gut sein, dass die Polizei schon vor ihnen hier sein wird, wenn die Biker sie alarmieren. Dann werden die beiden sowieso geschnappt. Und zweitens wissen wir gar nicht, wohin wir uns überhaupt mit dem Pferd verdrücken. Was willst du denn schreiben?«

»Zumindest, dass wir Elaria in Sicherheit gebracht haben«, meinte Nick, merkte dann aber selbst, dass die Idee nicht zu seinen besten gehörte.

Laura war auch nicht begeistert davon. »Noch hat die Kripo Piet und Manuel nicht in Verdacht. Wir müssen versuchen, die beiden völlig rauszuhalten aus dem Schlamassel. Da dürfen wir nicht einfach eine Nachricht an sie hier rumliegen lassen.«

»Wir können sie ja nicht mal warnen«, wandte Noah ein, »wie sollen wir denn Kontakt mit ihnen aufnehmen? Über Handy geht's ja nicht. Wenn wir wenigstens ein neues Versteck wüssten, dann könnte einer von uns hierbleiben und sich irgendwo verstecken, um auf Manuel und Piet zu warten. Aber wir haben noch nicht mal einen Plan.«

»Erst mal ab in den Wald, da können wir weiterreden«, schlug Nick vor und begann, alle Sachen, die herumlagen, in Manuels Schlafsack zu stopfen.

Noah rollte die Wolldecke zusammen und Laura leerte die Wasserschüssel aus und packte sie in den Futtersack.

»Was ist mit den Resten vom Feuer und mit der Pferdescheiße?«, fragte Noah.

»Lassen wir alles liegen.« Nick winkte ab. »Daraus kann die Polizei ja nicht schließen, dass Piet und Manuel hier waren. Das können Spuren von irgendwem sein. Die Biker haben schließlich auch nur das Pferd gesehen, keine Menschen.«

Plötzlich erklang von der Tür eine ungläubige Stimme. »Was macht *ihr* denn hier?«

Hat die Polizei Laura und die Jungs erwischt?
Lies morgen weiter!

19. Dezember

Erste Antworten

Laura stieß einen Schrei aus, Noah wirbelte so hastig herum, dass die Brille auf seiner Nase herunterrutschte und Nick stand mit offenem Mund wie versteinert da.

In der Tür standen Manuel und Piet und wurden von den drei Detektiven angestarrt, als wären sie Geister.

Als Erster fing sich Nick wieder. »W-w-was wir hier machen?«, rief er aufgebracht. »Wir packen alles zusammen, um abzuhauen. Nichts wie weg hier! Die Mountainbiker haben nämlich das Pferd entdeckt.«

»Was für Mountainbiker?« Manuel war völlig verdattert. Sein Kumpel schaute genauso ratlos zwischen ihnen hin und her.

Nick öffnete gerade den Mund, um ihnen alles zu erklären, aber er kam nicht dazu. Laura sprang auf ihren Bruder zu und fing an, wütend auf seiner Brust herumzutrommeln. Sie war außer sich und ließ all die Angst heraus, die sie um Manuel gehabt hatte. »Du verdammter Vollidiot!«, schrie Laura unter Tränen. »Hast du den Verstand verloren? Ich bin vor Sorge um dich fast gestorben. Was habt ihr zwei Deppen euch denn dabei gedacht? Ein Pferd stehlen! Das ist doch nicht zu fassen! Wenn Mama und Papa erfahren, dass sie einen kriminellen Sohn haben, der auf der Flucht vor der Polizei ist ...« Ihr Wutgeschrei ging in ein leises Schluchzen über und sie drückte ihren Bruder so fest, als hätte sie Angst, dass er wieder verschwinden könnte. »Wie kommen wir denn bloß wieder raus aus dieser schlimmen Situation?«

Manuel, der wegen der Begrüßung seiner Schwester ziemlich verstört war, konnte Laura im ersten Moment nur unbeholfen den Rücken tätscheln.

»Schluss mit dem Gequatsche!« Nick schlug die behandschuhten Hände zusammen. »Abflug! Oder wollt ihr etwa warten, bis die Bullen hier auftauchen und uns sozusagen auf frischer Tat ertappen mit dem Pferd? Nichts wie raus aus dieser Ruine!«

Piet hatte den Ernst der Lage mittlerweile begriffen und wurde unruhig. Rasch band er Elaria los und warf sich den prall gefüllten Schlafsack über die Schulter.

Die Stute gab mit einem zufriedenen Prusten zu verstehen, dass sie sich über Piets vertraute Nähe freute.

Auch die anderen kamen nun in Bewegung.

Nick huschte voraus und überprüfte mit dem Fernglas das Gelände. »Die Luft ist rein!«, rief er über die Schulter. »Niemand zu sehen!«

Die kleine Karawane brach auf. Manuel, der sich in den Baumbergen am besten auskannte, übernahm die Führung. Ihm folgte Piet mit der Stute, dann kamen Noah und Laura. Nick ließ sich ein wenig zurückfallen und schaute immer wieder zu der Stelle zurück, an der die Biker auf dem Trampelpfad verschwunden waren. Noch war niemand zu entdecken und außer dem Rauschen des Windes in den Bäumen war auch nichts zu hören. Trotzdem blieb er weiterhin aufmerksam.

Bald erreichten sie den Waldrand. Manuel kletterte unbeirrt den Hang hinauf. Er suchte stets Lücken zwischen den Baumstämmen, die breit genug für den Pferdekörper waren. Elaria stapfte tapfer über den aufgeweichten Waldboden, obwohl es sehr steil wurde.

»Kleine Pause!«, verkündete Piet, als sie eine Mulde im Hügelkamm erreichten.

Schwer atmend, hockten sich alle hin, mitten auf den Boden. Hier waren sie fürs Erste in Deckung.

Und hier hatten Noah und Nick auch endlich Gelegenheit, sich den langen, schlaksigen Holländer einmal genauer anzuschauen. Piet trug einen altmodischen und ziemlich abgewetzten Parka und eine Art Kapitänsmütze, die schräg auf seinem Kopf saß und ziemlich witzig aussah. Er hatte eine große Nase, aber ein freundliches Gesicht. Nach ihrer Musterung warfen

sich Nick und Noah einen vielsagenden Blick zu, den sie auch ohne Worte verstanden. Sie waren sich einig: Der Typ schien okay zu sein, sie konnten ihm trauen.

»So, jetzt packt mal aus, ihr drei!«, forderte Piet. »Wie seid ihr Manuel und mir auf die Schliche gekommen? Warum verfolgt ihr uns? Was wollt ihr erreichen?«

»Wir wollen euch vor einer Riesendummheit bewahren«, sagte Laura. »Elaria muss sofort zurück zu Herrn Jakobs. Wisst ihr denn nicht, dass ihr eine Straftat begangen habt? *Wieso* habt ihr das überhaupt getan?«

»Wir *wollen* sie ja auch wieder zurückgeben.« Manuel fummelte verlegen am Kragen seiner dicken Lederjacke herum. »Aber wir waren gestern in einer Notlage, weil wir verhindern mussten, dass der Auktionator die Pferde verhökerte.«

»Was ist denn ein Auktionator?«, wollte Noah wissen.

»Das ist jemand, der berufsmäßig Versteigerungen durchführt«, erklärte Piet. »Bauer Jakobs hatte den Auktionator Mönning beauftragt, für ihn die fünf Pferde zu versteigern. Wer die höchste Summe bieten würde, der sollte den Zuschlag kriegen.«

Sanft schob Manuel Elarias Kopf zur Seite, denn die Stute begann, an seiner Jacke zu knabbern. »Dann kam die große Überraschung«, setzte er die Erklärung fort. »Wir erfuhren gestern Mittag zufällig übers Internet, dass der Auktionator die Interessenten schon für den Nachmittag zur Versteigerung eingeladen hatte. Wir mussten also blitzschnell handeln. Hat ja erst mal auch alles geklappt. Aber jetzt beantwortet Piets Fragen! Wie seid ihr uns auf die Schliche gekommen und warum ...«

Laura ließ ihren Bruder nicht weiterreden, sondern sprudelte los: »Als ich gestern von der Probe für das Weihnachtskonzert kam, hab ich Lukas in der Stadt getroffen. Der war total sauer, weil du nicht bei ihm aufgetaucht bist und auch über Handy nicht erreichbar warst, Manuel! Und als ich dann merkte, dass du dein Smartphone zu Hause gelassen hast, da begriff ich, dass irgendwas nicht stimmte. Also hab ich dann meine Klassenkameraden um Rat gefragt.« Laura zeigte auf die beiden Jungs. »Das ist Nick und der da ist Noah. Manuel kennt sie ja aus der Schule.«

»Warum hast du ausgerechnet die beiden um Rat gefragt?«, wollte Piet wissen.

Diesmal antwortete Noah: »Weil wir kriminalistische Fähigkeiten haben, Nick und ich. Darum.«

Laura redete weiter. »Von Mama hab ich abends erfahren, dass du, Piet, am Mittag Manuel angerufen hast und dass mein Bruder daraufhin wie 'ne Rakete aus der Wohnung gezischt ist. Und mein Vater wusste von irgendwelchen Kunden, dass Herrn Jakobs ein Pferd geklaut worden war. Das hatte sich in Billerbeck schon rumgesprochen. Da haben wir drei kombiniert, dass ihr in die Entführung verstrickt sein müsst. Und so sind wir euch auf die Schliche gekommen. Zufrieden?«

»Laura!«, rief Manuel erschrocken und so laut, dass Elaria aufgeregt wieherte. »Du hast doch Mama und Papa nichts gesagt, oder? Und ihr habt uns auch nicht bei anderen Leuten verpfiffen, oder? Bei Bauer Jakobs oder bei der Polizei?«

Nick funkelte Manuel angriffslustig an. »Sehen wir etwa wie Verräter aus?«

»Wir sind doch auf *eurer* Seite!« Auch Noah war empört. »Was die Polizei angeht: Die hat euch überhaupt nicht in Verdacht. Kommissar Koslowsky fahndet nach professionellen Tierdieben. Ihr hättet eure Handys also gar nicht zurücklassen müssen.«

»Waaas?«, fragten Manuel und Piet gleichzeitig und machten die dümmsten Gesichter der Weltgeschichte.

»Genau. Bis eben wart ihr auch noch fein aus dem Schneider. Doch nun sieht die Sache anders aus«, erklärte Nick düster.

Was soll nun mit Elaria geschehen?
Lies morgen weiter!

20. Dezember

Piet und Manuel haben einen Plan B

Nick redete nicht nur mit dem Mund, sondern auch mit Armen und Beinen. »Ihr seid ja ganz schön clever, ihr zwei Entführer, aber uns konntet ihr nicht täuschen!« Er erzählte Piet und Manuel, wie sie ihr Versteck gefunden hatten, und ließ dabei kein Detail ihrer Ermittlungen aus.

»Aber dass heute Morgen ein paar Biker im Steinbruch unterwegs sein würden, um dort rumzucruisen und ihre Tricks zu üben, das habt ihr nicht einkalkuliert. Ihr könnt uns dankbar sein! Wenn wir nicht rechtzeitig erschienen wären, dann wärt ihr denen direkt in die Arme gelaufen und euer prächtiger Plan wär im Eimer.«

»Das stimmt«, gab Piet zu. »Mit den Bikern haben wir nicht gerechnet. Wir hätten nicht gedacht, dass sich bei dem Schmuddelwetter jemand in dieser einsamen Gegend rumtreiben würde, und haben uns total sicher gefühlt. Darum haben wir Elaria ja auch für ein Stündchen allein gelassen.«

»Was hattet ihr denn so Wichtiges zu erledigen?«, fragte Laura gereizt. »Musstet ihr Brötchen holen oder 'ne Zeitung? Konnte nicht wenigstens einer von euch bei Elaria bleiben und aufpassen, dass euch niemand auf die Schliche kommt?«

»Wir waren in Havixbeck«, antwortete Manuel, »da hatten wir einen wichtigen Termin. Hat mit unserem Plan zu tun.«

»Geht's vielleicht ein bisschen genauer?«, wollte Noah ungeduldig wissen.

Manuel nickte zögernd. »Wir mussten dringend was mit Annette Martini besprechen. Sie hilft uns bei unserem Plan.«

»Die Nette, die zum Reiten immer auf dem Jakobs-Hof war?« *Und die mit Piet zusammen ist*, dachte Laura, doch das sagte sie selbstverständlich nicht laut. »Was hat Nette mit eurer Aktion zu tun? Jetzt sagt schon, lasst euch nicht jedes Wort aus der Nase ziehen. Wir mischen doch inzwischen auch mit bei eurem Plan.«

Piet schaute Laura überrascht an, dann erklärte er: »Nette sollte zu Weihnachten von ihren Großeltern ein Pferd geschenkt bekommen. Da hat sie gedacht, dass sie das dann im Stall von Bauer Jakobs unterstellen könnte. Als sie erfuhr, dass der Pferdestall aufgelöst werden soll, brach für sie die Welt zusammen. Der Jakobs-Hof ist für sie gut zu erreichen und sie möchte das Pferd ungern auf einem der Reiterhöfe in der Gegend unterstellen. Die Mädels dort sind alle ziemlich eingebildet, sagt Nette. Viele von denen kennt sie aus der Schule.«

»Wir waren alle ziemlich verzweifelt, als wir von Herrn Jakobs' Plänen erfuhren«, sagte Manuel. »Aber dann kam uns eine Idee: Alle Leute, die immer zum Reiten auf dem Hof gewesen sind, sollen eine Petition unterschreiben und ...«

»Eine Petition?«, fiel Noah ihm ins Wort. »Was ist das denn?«

»Dass du das nicht weißt!« Nick musste natürlich mal wieder ein bisschen angeben. »Eine Petition ist eine Bittschrift.«

Manuel nickte heftig. »So eine Petition wird Bauer Jakobs übergeben. Mit vielen Unterschriften. Darin wird er dringend gebeten, die Pferde *nicht* zu verkaufen, und außerdem soll er Piet wieder einstellen. Als Stallmeister.«

»Dass das euer Plan ist, das hatten wir auch schon kombiniert!« Nick klatschte sich selber Beifall. »Aber nur weil Piet fünf oder sechs Pferde versorgt, kann Jakobs ihm doch kein ordentliches Gehalt bezahlen ...«

Piet unterbrach ihn. »Hältst du uns für blöd? Unser Plan geht ja noch weiter. Eine richtige Pferdepension muss aufgebaut werden, wo die Leute ihre eigenen Pferde unterbringen können. Im Stall ist noch 'ne Menge Platz und man könnte sogar noch anbauen, wenn das Unternehmen erst mal ins Laufen gekommen ist. Wir müssen bloß Herrn Jakobs davon überzeugen.«

»Hört sich alles prima an«, sagte Laura, »aber es war trotzdem

nicht richtig, dass ihr Elaria entführt habt. Soll das jetzt eine Erpressung werden?«

Manuel sah seine Schwester entsetzt an. »Erpressung? Nein, auf keinen Fall! Wir wollen nur ein bisschen nachhelfen bei Herrn Jakobs. Wenn er erst mal merkt, wie es ist, wenn ein Pferd plötzlich weg ist, und was ihm fehlt, will er die Pferde hoffentlich nicht länger verkaufen!«

»Aber was soll jetzt mit Elaria geschehen?«, fragte Noah.

Piet schob sich die Mütze aus der Stirn. »Wir bringen sie natürlich zurück. Mal sehen, wie wir das hinkriegen. Es musste ja alles so schnell gehen. Als ich herausfand, dass die Auktion schon gestern Nachmittag stattfinden sollte, da hab ich mich sofort in mein Auto gesetzt und bin nach Billerbeck gerast. Das Wichtigste war erst mal, die Versteigerung zu verhindern. Und das haben Manuel und ich ja auch geschafft.«

»Wo steht dein Auto denn jetzt?«, wollte Nick wissen.

»Auf dem Parkplatz vor der Freilichtbühne.«

Nach den vielen Erklärungen fand Piet, dass sie sich eine Pause verdient hatten, und zog ein großes Stück eingepackten Christstollen aus seinem Rucksack. Den Stollen habe Nette gebacken, erklärte er. Mit Nicks Schweizer Taschenmesser schnitt er fünf fast gleich große Stücke ab und verteilte sie.

Das fand Elaria scheinbar überhaupt nicht lustig. Sie stieß Manuel immer wieder mit dem Kopf an, als wollte sie fragen, wo ihr Stück Stollen sei.

Laura beobachtete das und lachte. »Du kannst was von mir abhaben, Elaria.« Sie konnte kaum schnell genug die Hand zurückziehen, so gierig stürzte sich die Stute auf das Stück Christstollen.

»Nette wird inzwischen sicher die E-Mails an die Pferdefreunde verschickt haben«, meinte Manuel kauend. »Ich bin echt gespannt, ob auch wirklich viele heute Nachmittag zur Demo kommen werden ...«

»Das wird schon!« Piet schlug seinem Kumpel auf die Schulter, dann stand er auf. »So, Leute, die Party ist zu Ende. Wir müssen weiter.« Er streichelte Elarias Hals und löste ihren Strick von dem Baumstamm, an dem er sie festgebunden hatte.

»Aber wohin denn?« Noah runzelte die Stirn. »Wir können doch nicht einfach so durch die Gegend latschen ohne ein konkretes Ziel!«

»Lass dich überraschen«, sagte Manuel. »Piet und ich haben noch einen Plan B.«

Mit dieser Erklärung mussten sich die anderen vorerst zufriedengeben. Wieder setzte sich die Karawane in Bewegung. Manuel lief als Scout voraus. Dann und wann blieb er stehen, prüfte die Lage und winkte den anderen zu, wenn sie ihm unentdeckt folgen konnten. Es ging quer durchs Unterholz und zwischen dicken Buchenstämmen hindurch bergab.

An einer Lichtung stand ein verrotteter Hochsitz. Die Leiter wackelte zwar gefährlich, aber Nick kletterte trotzdem hinauf. Von oben konnte er mit seinem Fernglas bis hinüber in den Steinbruch schauen. Da bewegten sich Menschen, winzig wie Ameisen. Doch ob es sich dabei um Polizisten handelte, konnte Nick nicht erkennen.

So oder so war es eine gute Entscheidung gewesen, das alte Versteck aufzugeben, fanden alle.

Nach einer Weile blieb Manuel schließlich vor einer winzigen Kapelle stehen. »Sanctus Ludgerus« stand in Schnörkelbuchstaben über dem Eingang.

Fassungslos sah Laura ihren Bruder an. »Wir können doch nicht mit 'nem Pferd in eine Kapelle!«

Manuel zuckte gelassen mit den Schultern. »Im Stall von Bethlehem soll's doch auch Tiere gegeben haben. Und eine andere Alternative haben wir nicht«, meinte er und legte die Hand auf die Türklinke.

Ist die Ludgerus-Kapelle überhaupt geöffnet?
Lies morgen weiter!

21. Dezember

Das neue Versteck

Manuel drückte die Klinke hinunter, doch die Tür ließ sich nicht öffnen. »Abgeschlossen. Verdammt!«, fluchte er.

Die anderen tauschten nervöse Blicke. Ging Piets und Manuels Plan B nun etwa schief? Was sollten sie dann tun?

Aber da lief Detektiv Nick zur Hochform auf. Ein altmodisches Türschloss mit einem großen Schlüsselloch zu knacken, das war für ihn ein Klacks. An seinem Allzweckmesser befand sich ein Winkelhaken, der aussah wie ein Dietrich, den Einbrecher benutzten. Nach ein paar Versuchen klickte es im Schloss und die Kapellentür war offen.

Piet klatschte Beifall. »Du hast uns echt den Hintern gerettet, Nick!«

Nick winkte lässig ab. »So was mach ich doch mit links.«

Mit finsterem Blick hatte Laura das Ganze beobachtet. Jetzt stemmte sie die Hände in die Hüften und sah die Jungs der Reihe nach vorwurfsvoll an. »Eine Straftat bleibt eine Straftat. Mir gefällt das überhaupt nicht, was wir hier machen.«

»Ich schließ doch hinterher auch wieder ab«, sagte Nick gereizt. »Wir brauchen das Versteck ja nur vorübergehend.«

Vorübergehend. Ja, wenn wir endlich wissen, wie es weitergehen soll, dachte Laura zynisch. Gleichzeitig hoffte sie wirklich, dass sie schnell einen Plan haben würden, wie Elaria wieder zu Bauer Jakobs zurückgebracht werden konnte, ohne dass Piet und Manuel aufflogen und von der Polizei geschnappt wurden. Sie verstand, dass die beiden schnell hatten handeln müssen, als Piet von der Auktion erfahren hatte, aber jetzt war es höchste Zeit, Ordnung in das Durcheinander zu bringen, für das sie verantwortlich waren. Herr Jakobs hatte doch schon genug durchgestanden. Laura war entschlossen, dafür zu sorgen, dass das Versteckspiel so schnell wie möglich ein Ende fand.

Noah betrat als Erster die winzige Kapelle. Er sah sich um

und schnüffelte. »Hier stinkt's nach Kerzenrauch. Und alles ist total verstaubt.«

Die Kapelle war mit zwei kurzen Kirchenbänken und einem altarartigen Tischchen, auf dem eine Statue des Bischofs Ludgerus und zwei Kerzenleuchter standen, schon ziemlich voll.

Elaria wollte nicht hinein in diesen engen düsteren Raum. Erst als Piet ihr eine Möhre hinhielt, folgte sie ihm zögernd in die Kapelle. Laura, Nick und Noah mussten auf die Bänke steigen, weil Elaria fast die gesamte Kapelle ausfüllte. Manuel schob sie ein wenig an ihrem Hinterteil an, damit sie noch einen Schritt nach vorn machte und er die Tür zuziehen konnte.

»Uff!«, stöhnte Piet, der von Elaria an den kleinen Altar gedrückt wurde. »Wenigstens ist's hier trocken und es pfeift kein verdammter Wind.« Er schmiegte sich an das kastanienbraune Pferd und streichelte seinen Hals. »Alles wird gut, Elaria.«

»Hört zu, Leute«, sagte Laura ernst. »Wenn wir den Spuk nicht endlich beenden, wird alles noch viel schlimmer.« Sie zeigte auf Manuel und Piet. »Oder wollt ihr noch 'ne Nacht in den Baumbergen verbringen, bei Kälte, Regen und Wind, während die Polizei vielleicht schon nach euch sucht?«

»Nee, wollen wir nicht«, erwiderte Piet zerknirscht, »aber wir müssen uns erst mal was ausdenken, wie wir ...«

»Stopp!« Laura stampfte mit dem Fuß so heftig auf, dass die Bank beinahe umkippte. »Jetzt wird nicht mehr gedacht, jetzt wird gehandelt. Noah, Nick und ich, wir machen uns auf die Socken und bereiten Herrn Jakobs darauf vor, dass eine Demonstration der Pferdefreunde angesagt ist und dass man ihm eine Petition überreichen wird. Die Forderungen erklären wir ihm auch schon mal in aller Ruhe. Und dass mit Elaria alles okay ist und er sie wiederkriegt, erzählen wir ihm natürlich auch. Wenn da so plötzlich 'ne Demo vor seinem Haus anfängt, da erschrickt er doch und ist vielleicht nicht mehr bereit, mit sich reden zu lassen.«

Manuel hatte große Bedenken. »Macht bloß keinen Fehler!

Ihr habt gesagt, dass die Kripo Piet und mich nicht in Verdacht hat bisher. Aber wenn Herr Jakobs hört, dass die Pferdefreunde mit 'ner Bittschrift aufkreuzen wollen, dann könnte er doch auf den Gedanken kommen, dass Piet und ich hinter der Aktion stecken. Vor allem, wenn wir bei der Demo nicht dabei sind, könnte das ziemlich verdächtig wirken.«

»Genau!« Piet fummelte nervös an seiner Kappe herum. »Dann hätte ich keine Chance mehr, dass er mich wieder einstellt. Passt also auf und verpetzt uns nicht!«

Nick lachte spöttisch. »Wir brauchen keine Ratschläge. Ihr wisst doch, dass wir kriminalistische Fähigkeiten besitzen.«

Laura, die endlich aufbrechen wollte, sprang von der Bank und gab ihrem Bruder ihr Handy. »Damit wir euch erreichen können.«

Feierlich überreichte Nick Piet sein Schweizer Taschenmesser. »Vergesst nicht, die Kapellentür wieder abzuschließen, wenn ihr von hier verschwinden müsst. Ich hab euch ja gezeigt, wie es geht. Los geht's, Leute, Abmarsch!«

Die drei Detektive streichelten Elaria zum Abschied, als sie sich an dem Pferd vorbei nach draußen schoben. *Vielleicht bringt das ja Glück für das Gespräch mit Herrn Jakobs,* hoffte Laura im Stillen.

Zum Jakobs-Hof ging es bergab. Trotzdem spürten die drei, dass sie ziemlich müde waren von der langen Lauferei am Morgen. Aber darauf konnten sie nun keine Rücksicht nehmen, zuerst mussten sie diese verzwickte Situation lösen. Der schmale Pfad, dem sie folgten, mündete auf einen Wanderweg. Es war inzwischen Mittag. Sie holten das mitgebrachte Essen aus ihren Taschen und aßen im Gehen.

Wenig später erreichten sie einen Parkplatz am Fuße der Hügelkette.

»Völlig leer«, sagte Laura, »kein einziges Auto zu sehen.« Doch genau in diesem Augenblick erkannte sie, dass sie sich gewaltig geirrt hatte.

Hinter aufgestapelten Buchenstämmen hatten Polizeibeamte in ihrem Streifenwagen auf der Lauer gelegen. Nun näherte sich das Fahrzeug ihnen im Schritttempo.

Laura und die Jungs zuckten zusammen.

»Ganz geschmeidig bleiben«, zischte Nick ihnen zu, »wir haben nichts verbrochen, also guckt nicht so, als hätten sie uns auf frischer Tat ertappt!«

Aus dem Auto stiegen eine Polizistin und ihr bulliger Kollege, der sie streng ansah. »Wo kommt ihr denn her?«

Nick zeigte mit dem Daumen über seine Schulter. »Aus dem Wald. Das sehen Sie doch. Wir waren wandern.«

»Wer wandert denn bei so einem Mistwetter?« Die Beamtin zog sich ihre Dienstmütze tief in die Stirn.

»Wir«, sagte Laura ruhiger, als sie sich fühlte. »Wir haben gehört, dass man bei jedem Wetter an die frische Luft soll, weil das die beste Vorbeugung gegen Erkältung ist. Und krank sein in den Weihnachtsferien wär doch total doof.«

»Und wo genau habt ihr euch rumgetrieben?« Der Polizist schaute Noah, Laura und Nick argwöhnisch an.

Noah reagierte schnell. »Ich wohne noch nicht lange in Billerbeck. Da wollten mir Laura und Nick die kleine Ludgerus-Kapelle zeigen. Aber die ist leider abgeschlossen.« Noah konnte prima schwindeln. Selbst Nick musste das zugeben und warf seinem Freund einen schnellen, ehrfürchtigen Blick zu.

»Habt ihr irgendwo im Wald ein Pferd gesehen?«, wollte die Polizistin wissen. »Und vielleicht auch Leute, die sich seltsam verhalten haben?«

»Ein Pferd im Wald?« Nick lachte. »Soll das ein Witz sein?«

Werden Laura und die Jungs nun mit Fragen ausgequetscht? Lies morgen weiter!

22. Dezember

Bauer Jakobs glaubt nicht an den Weihnachtsmann

Der Polizist sah die drei Detektive aus zusammengekniffenen Augen an. »Wir machen niemals Witze! Also, *habt* ihr ein Pferd gesehen, ein braunes? Ja oder nein?«

Nick schüttelte entschieden den Kopf. »Kein Pferd, keinen Löwen, kein Krokodil. Bloß ein paar Rehe, 'ne Maus und 'ne Menge Vögel.«

»Ach, spielst du hier den Komiker?«, fragte die junge Beamtin. »Wir ermitteln in einem Fall von Tierdiebstahl, wir machen tatsächlich keine Witze. Was ist mit auffälligen Personen, sind euch solche begegnet?«

»Wer wandert denn bei so einem Mistwetter?«, äffte Noah sie nach. »Nö, Fehlanzeige. Können wir jetzt weiter?«

Wenn das mal nicht schiefgeht. Er provoziert die beiden ja ganz schön, dachte Laura besorgt.

Zum Glück wollten die Polizisten aber einfach so schnell wie möglich das gestohlene Pferd finden, weshalb der Beamte gar nicht auf Noah einging und sie stattdessen fragte, ob sie auch im Steinbruch gewesen waren.

Laura tat ganz erstaunt. »Hier gibt's einen Steinbruch? Das wusste ich ja gar nicht.«

Die Polizistin klopfte ihrem brummigen Kollegen auf die Schulter. »Lass mal gut sein, Jupp! Die Kids wissen nichts. Los, ihr drei, schwirrt ab!«

Das ließen sich die Detektive nicht zweimal sagen, denn sie mussten unbedingt vor den Pferdefreunden auf dem Hof sein und mit dem Bauern sprechen, ehe die Demo losging.

»Die haben wir aber ganz schön verarscht!«, sagte Noah, als sie weit genug weg waren, dass die Polizisten sie nicht mehr hören konnten.

Das Atmen tat weh bei der kalten Luft und der Wind trieb ihnen die Tränen in die Augen, als sie zum Hof eilten. Noah musste immer wieder seine beschlagene Brille am Jackenzipfel abreiben.

Sie waren fix und fertig, als sie endlich den Hof erreichten. Am Wohnhaus betätigte Laura den eisernen Türklopfer. Eine elektrische Klingel gab es nicht in dem alten Bauernhaus.

Sofort brach drinnen ein mörderisches Getöse los. Bonzo bellte, als müsste er eine ganze Einbrecherbande verjagen, sodass die Jungs erschrocken einen Schritt von der Tür wegmachten. Die wurde einen Augenblick später aufgezogen und Bonzo schoss heraus. Bevor Nick und Noah auf die Idee kommen konnten davonzulaufen, erkannte der Hund Laura und stürzte sich begeistert auf sie.

Bauer Ludger Jakobs erschien im Türrahmen, schaute verdutzt, nahm seine Pfeife aus dem Mund und brummte: »Was wollt ihr denn schon wieder?«

»Ihnen was Wichtiges mitteilen!«, rief Nick. »Wir haben nämlich herausgefunden, dass Elaria gar nicht wirklich geklaut worden ist. Sie kriegen ihr Pferd schon bald wieder zurück.«

»Red keinen Unsinn, Junge!« Bauer Jakobs pustete Rauch aus. »Woher willst du das wissen? Wahrscheinlich ist die Stute längst von den Dieben verhökert worden, ins Ausland, damit die Polizei sie nicht findet.«

Laura schob den Hund zur Seite, auch wenn sie ihn eigentlich gerne noch länger gekrault hätte. »Nick hat recht, Herr Jakobs! Es ist alles ganz anders, als Sie und die Polizei denken. Die Diebe sind überhaupt keine richtigen Diebe, sondern Pferdefreunde, die verhindern wollen ...«

Der Bauer unterbrach sie mit einer unwirschen Handbewegung. »Ach, Laura, mein Kind, erzähl mir doch keine Märchen! Ich glaub schon lange nicht mehr an den Weihnachtsmann.« Er zog heftig an seiner Pfeife.

Noah trippelte zitternd auf der Stelle. »Können wir nicht ins Haus gehen? Es ist saukalt und wir haben viel mit Ihnen zu bereden.«

Zögernd trat Ludger Jakobs zur Seite und ließ Nick, Laura und Noah eintreten. Bonzo folgte Laura auf dem Fuße.

In der großen Wohndiele mit den Eichenbalken unter der Decke war es mollig warm. Im offenen Kamin glommen dicke Holzscheite. Wuchtige Schränke standen an den Wänden, in der Mitte des Raums stand ein runder Tisch zwischen mehreren Ledersesseln. Stehlampen und ein Landschaftsgemälde zwischen zwei mannshohen Kerzenständern sorgten für eine behagliche Atmosphäre.

Laura kannte sich hier natürlich aus, Noah und Nick schauten sich erst einmal um in diesem beeindruckenden Raum. Dann zogen die jungen Gäste ihre Jacken aus, warfen sie auf einen Lederhocker vorm Kamin und ließen sich in die breiten Sessel plumpsen.

»Habt ihr Hunger?«, fragte Bauer Jakobs.

»Immer!«, antwortete Noah. Die anderen zwei nickten eifrig.

Der Bauer holte einen Teller mit geschnittenem Honigkuchen aus der Küche und stellte ihn auf den Tisch, dann ließ er sich in seinen Schaukelstuhl sinken. »Also, worum geht's? Ich höre.«

Laura übernahm das Reden, obwohl das Nick nicht wirklich gefiel. Während sie Bonzos Ohren kraulte, erzählte sie: »Ich wollte Ihnen gerade erklären, dass die Diebe gar keine Diebe sind, sondern Pferdefreunde. Die waren total entsetzt, als sich herumgesprochen hat, dass Ihre Pferde ganz plötzlich versteigert werden sollten. Sie wollten die Auktion unbedingt verhindern, weil alle möchten, dass Elaria und die anderen Pferde hier bei Ihnen auf dem Hof bleiben. Darum der Trick mit der Entführung. Können Sie das verstehen, Herr Jakobs?«

Der Bauer nahm die Pfeife aus dem Mund. Er ließ sich nicht anmerken, ob er wütend war, und sagte nur: »Sprich weiter!«

Aber es war Nick, der mit großen Gesten und beschwörender Stimme weiterredete. »Wir sind extra zu Ihnen gekommen, um Sie darauf vorzubereiten, dass am Nachmittag eine friedliche Demonstration vor Ihrem Haus stattfinden soll. Die Pferdefreunde wollen Ihnen eine Bittschrift überreichen. Und dann bringen sie auch Elaria zurück.«

In beschwörendem Tonfall erklärte Nick Herrn Jakobs nun die Forderungen der Petition: Weiterführung des Pferdestalls, für Reiter mit eigenen Pferden eine Pferdepension, Erweiterung des Betriebes, Wiedereinstellung von Piet van Voss als Stallmeister.

Verblüfft starrte Bauer Jakobs die Kinder der Reihe nach an, sobald Nick seine Erklärung beendet hatte. »Woher wisst ihr das alles? Steckt ihr etwa mit den Entführern unter einer Decke?«

Laura ging auf die Fragen gar nicht ein. Sie sagte leise: »Wir alle verstehen gut, dass Sie nach dem Tod Ihrer Frau sehr traurig sind und die Freude an Ihrem Bauernhof verloren haben. Ihre Kinder wollen den Hof ja auch nicht weiterführen. Aber Sie dürfen doch all die Leute nicht enttäuschen, die Ihre Tiere so sehr lieben und so gerne auf Ihrem Hof sind. Und wo doch jetzt bald Weihnachten ist ...«

»Was interessieren mich andere Leute?«, brummte der Bauer. Es hörte sich aber nicht böse an.

Laura schnappte sich ein Stück Honigkuchen. »Sie hatten doch dauernd mit den Leuten zu tun, Herr Jakobs! Denken Sie nur mal an Piet. Er war immer so glücklich hier auf dem Hof. Das wäre doch ein Superweihnachtsgeschenk für ihn, wenn Sie ihn wieder einstellen würden! Sie haben doch jede Menge Platz im Haus, er könnte doch wieder hier wohnen. Und wenn er noch eine zusätzliche Ausbildung als Pferdewirt macht ...« Leise fügte Laura hinzu: »Und Sie wären dann auch nicht mehr so allein.«

Wie wird Bauer Jakobs sich entscheiden?
Lies morgen weiter!

23. Dezember

Das Weihnachtspferd und die Trickser

Plötzlich klingelte draußen im Flur das Telefon. Bauer Jakobs wuchtete sich mühsam aus dem Schaukelstuhl hoch und stieß die Tür auf. Genauso geräuschvoll zog er sie auch wieder hinter sich zu, ehe er ans Telefon ging.

Die drei Detektive spitzten die Ohren, doch Herr Jakobs redete gar nicht, sondern schien nur zuzuhören.

»Ob er auf die Vorschläge eingehen wird?«, flüsterte Laura.

»Ich hab ein gutes Gefühl«, antwortete Nick genauso leise.

Dann erschien Bauer Jakobs auch schon wieder in der Wohndiele. »Eine Frau«, erklärte er finster, »ihren Namen hat die Dame nicht genannt. Und ihre Stimme scheint sie auch verstellt zu haben! Sie hat mir mitgeteilt, dass Elaria abgeholt werden kann an einem geheimen Treffpunkt und dass ich auf keinen Fall die Polizei informieren darf. Mir gefällt das alles nicht.« Er zeigte auf Nick. »Sie will mit dir reden.«

Nick eilte sofort in den Flur und nahm den Hörer, der neben dem altmodischen Telefonapparat auf der Kommode lag. »Hier spricht Nick Grill.«

»Und hier spricht Annette Martini. Hi, Nick! Wir kennen uns noch nicht, aber du weißt, wer ich bin und dass ich Piet und Manuel bei der Initiative gegen den Verkauf der Pferde unterstütze, oder?«

»Ja klar. Was für Informationen hast du für uns?«, fragte er und warf einen Blick ins Wohnzimmer, um sicherzugehen, dass Herr Jakobs nichts von dem Telefonat mitbekam.

»Manuel und Piet machen sich gleich auf den Weg zum Hof, sie wollen während der Demonstration dort mit dem Pferd auftauchen. Denkt euch bitte was aus, wie ihr erklärt, dass ausgerechnet die beiden die Stute zurückbringen. Wir vertrauen auf euren kriminalistischen Scharfsinn. Manuel und Piet haben gesagt, du wärst ein echt ausgekochtes Schlitzohr.« Sie lachte.

»Ruft die beiden an, wenn euch was einfällt, okay? Manuel hat ja jetzt Lauras Handy.«

»In Ordnung«, konnte Nick gerade noch sagen, ehe sie auflegte.

Nun war wieder Brainstorming angesagt. Nick spürte geradezu, wie die Gehirnzellen in seinem Kopf herumwirbelten. Er hatte nur ein paar Sekunden, um sich etwas auszudenken, was den alten Mann überzeugen würde. Und seine Fantasie ließ ihn tatsächlich nicht im Stich!

In Gedanken gratulierte er sich selbst zu seiner Idee, dann kehrte er zurück zu den anderen. »Beim Sendemast taucht in einer Stunde irgendein Typ mit Elaria auf. Wer soll denn zum Treffpunkt gehen und das Pferd abholen? Das muss ja wohl ein Erwachsener machen, oder?«

Der Bauer stöhnte. »Herr im Himmel! Bis zum Funkturm? Das schaffen meine müden Beine nicht mehr. Ich glaube, ich rufe doch besser bei Kommissar Koslowsky an und ...«

»Neiiin!«, schrien Noah, Laura und Nick gleichzeitig.

»Habt ihr eine bessere Idee?«

Laura sprang auf. Sie hatte begriffen, worauf Nick hinauswollte. »Und ob! Ich rufe meinen Bruder an und der sagt Piet Bescheid. Mit seinem Auto kann der locker in 'ner Stunde beim Treffpunkt sein, um Elaria abzuholen und hierherzubringen.«

Der Bauer runzelte nachdenklich die Stirn, dann seufzte er. »Meinetwegen. Hauptsache, meine Stute kommt zurück.«

Laura schnappte sich Nicks Rucksack, kramte sein Smartphone heraus und eilte mit der Erklärung, draußen sei die Verbindung besser, hinaus, wo Bauer Jakobs nicht mithören konnte.

Neben der Treppe fand sie ein windgeschütztes Plätzchen und rief ihre eigene Nummer an. Manuel meldete sich sofort. Hastig erklärte Laura ihrem Bruder die Taktik, die sich Nick nach Nettes Anruf ausgedacht hatte.

»Und Herr Jakobs hat euch das Märchen von dem rätselhaften Unbekannten tatsächlich abgekauft?«, fragte Manuel ungläubig.

»Vielleicht, vielleicht auch nicht. Er lässt sich nichts anmerken. Wir haben ihm gesagt, dass ich dich anrufe und dass du Piet informierst und dass der mit dem Auto nur eine Stunde von Winterswijk zum Treffpunkt braucht und Elaria holen kann. Stellt euch also auf den Zeitplan ein! Wo steckt ihr denn gerade?«

»Wir sind vor circa zehn Minuten aus der Kapelle raus.«

Laura schnappte nach Luft. »Ihr müsst unbedingt aufpassen, Manuel! Vorhin lauerte die Polizei unten am Parkplatz. Könnt ihr den umgehen?«

»Ja, Schwesterchen, das kriegen wir schon hin. Mach dir nicht zu viele Sorgen.«

Bevor Laura ihm eine Standpauke halten konnte, weil er schließlich schuld daran war, dass sie sich so viele Sorgen machen musste, hatte Piet ihrem Bruder das Handy aus der Hand genommen. »Hey, Laura. Erzähl, wie hat Herr Jakobs auf den Plan reagiert? Will er weitermachen mit dem Reitstall?«

»Ich weiß nicht«, antwortete Laura zögernd. Piet klang so hoffnungsvoll, das wollte sie ihm nicht kaputt machen. Aber was war, wenn Bauer Jakobs sich doch anders entscheiden würde? »Jedenfalls hat er sich geduldig alles angehört. Und er hat wohl gemerkt, dass ihm Elaria fehlt. Drückt die Daumen, dass alles klappt, und macht keine Fehler!«, beschwor sie die beiden, dann beendete sie das Gespräch und ging wieder rein.

Zurück im Wohnzimmer, zwinkerte sie Noah und Nick heimlich zu und bestätigte Herrn Jakobs, dass Manuel sofort losgelaufen sei und dass Piet bereits im Auto sitze. Ihr war nicht wohl bei der Flunkerei, aber da mussten sie jetzt alle durch!

Bauer Jakobs sagte, er wolle sich noch ein Weilchen hinlegen und über alles nachdenken, was Laura und die Jungs ihm erzählt hatten, woraufhin Noah vorschlug, die Zeit bis zur Demonstration zu nutzen und den Pferdestall auszumisten. Nick und Laura waren einverstanden. Es war besser, sich mit Arbeit abzulenken, als untätig herumzusitzen und zu warten.

Also machten sie sich an die Arbeit und bereiteten auch Elarias Box für ihre Rückkehr vor.

»Hoffentlich kommen gleich auch ein paar Leute! Sonst wird Jakobs sich nie auf die Vorschläge einlassen«, sagte Nick, nachdem sie alle Boxen ausgemistet.

Und wie sie kamen!

Nur wenig später hielten die ersten Autos vor dem Bauernhaus, manche Leute kamen trotz des miesen Wetters per Fahrrad oder zu Fuß. Schon bald hatte sich eine kleine Menschenmenge auf dem Hof eingefunden. Viele der Pferdefreunde hatten auch noch Familienangehörige und Freunde mitgebracht. Sie kannten sich untereinander und schwätzten fröhlich miteinander, bis Bauer Jakobs aus dem Haus kam.

Als er die vielen Menschen vor seinem Haus stehen sah, staunte der Bauer nicht schlecht.

Annette Martini, die selbstverständlich unter den Demonstranten war, faltete ein vollgeschriebenes Blatt Papier auseinander und erklärte: »Das ist eine Bittschrift von uns allen! Mit ganz vielen Unterschriften.« Sie schaute kurz unsicher zu Bauer Jakobs, doch der rührte sich nicht und schien tatsächlich hören zu wollen, was sie zu sagen hatten. Also las sie vor: »Lieber Herr Jakobs. Wir, die Pferdefreunde, Reiterinnen und Reiter Ihres Hofes, bitten Sie herzlich, Ihre wunderbaren Pferde nicht zu verkaufen. Wir möchten auch weiterhin zum Reiten zu Ihnen kommen. Wenn Sie den Stall ausbauen würden, könnten Sie sogar eine Pferdepension eröffnen und den freundlichen und tüchtigen Piet van Voss wieder einstellen, der besonders gut ...«

Bis zu dieser Stelle hatte der Bauer aufmerksam zugehört, doch plötzlich ruckte sein Kopf herum und er schaute mit großen Augen zur Hofeinfahrt hinüber.

Was hat Bauer Jakobs' Aufmerksamkeit erregt?
Lies morgen weiter!

24. Dezember

Das Freudenfeuer im Schnee

Unter dem Torbogen der Hofeinfahrt waren Neuankömmlinge aufgetaucht: Rechts ging Piet, links Manuel und in der Mitte Elaria.

Jubelrufe erklangen und Applaus brandete auf. Sofort liefen alle zu ihnen, um sie zu begrüßen.

Nette war geblieben, wo sie war, und rief nun laut, um alle zu übertönen: »Bitte, Herr Jakobs, Elaria ist wieder da! Machen Sie uns ein tolles Weihnachtsgeschenk und erfüllen Sie uns unsere Bitte!«

Die Demonstranten bombardierten Manuel und Piet mit Fragen: »Wo hatte man Elaria versteckt?« – »Sind die Diebe geschnappt?« – »War das überhaupt keine echte Entführung?«

Bauer Jakobs hatte irgendwann genug von dem Aufruhr auf seinem Hof. »Schluss jetzt!«, donnerte er. »Das Pferd ist sicher erschöpft. Piet und Manuel, bringt Elaria in den Stall. Und gut trocken reiben, hört ihr?«

Die beiden nickten, grinsten sich über den Pferderücken kurz an und führten Elaria dann in den Stall.

Erleichtert atmete Laura auf. Sie war auch total erschöpft. Und gleichzeitig unendlich glücklich. Würde es jetzt ein Happy End wie im Film geben und ein frohes Weihnachtsfest?

Ein kleiner Mann mit Baskenmütze, der seine Enkelin an der Hand hatte und offenbar ein guter Bekannter von Bauer Jakobs war, schien sich das auch zu fragen. »Was ist denn jetzt Sache, Ludger? Behältst du die Pferde oder willst du sie immer noch versteigern lassen?«

»Ich werde wohlwollend darüber nachdenken, Herbert.« Der Bauer lächelte spitzbübisch, was ihn nicht nur viel jünger wirken ließ, sondern seit langer Zeit auch endlich wieder fröhlich. »Zusammen mit Piet«, erklärte er.

Diese Ansage ließ alle Versammelten gleich neue Hoffnung schöpfen. Wieder klatschten die Demonstranten begeistert Beifall, begleitet von Jubel und Lachen. Nette wedelte triumphierend mit der Bittschrift und überreichte sie dann mit einem schwungvollen Knicks Herrn Jakobs.

Und weil in diesem Augenblick erste Schneeflocken durch die Luft wirbelten, begann eine Frau mit Zipfelmütze, laut zu singen: »Leise rieselt der Schnee ...« Sofort sangen alle mit: »... still und starr ruht der See, weihnachtlich glänzet der Wald: Freue dich, Christkind kommt bald!«

Bauer Jakobs musste viele Hände schütteln. Hier und da gab er zwar brummige Kommentare von sich, aber Laura hatte den Eindruck, dass er nur so tat, als wäre er sauer. Hatte er nicht sogar Tränen in den Augen? Aber das konnte natürlich auch am Wind liegen.

Schließlich löste sich die heitere Versammlung auf.

»Ganz schön aufregend, dieser Tag«, sagte Noah und wischte Schneeflocken von seiner Brille.

Laura nickte. »Aber jetzt sind alle glücklich.«

Nick meinte: »Wir müssen Elarias Halfter und auch die anderen Sachen gründlich sauber machen, da könnten Fingerabdrücke von uns drauf sein. Kommissar Koslowsky traue ich zu, dass er seine Spurensucher noch mal ermitteln lässt, weil er die Geschichte mit der harmlosen Entführung nicht glaubt.«

Mit dieser Vermutung lag Nick richtig. Herr Jakobs hatte den Kripobeamten inzwischen angerufen und ihm erklärt, dass das Pferd wieder im Stall stehe und dass er darum die Strafanzeige gegen die unbekannten Diebe zurückziehe. Die hätten es nicht böse gemeint, sondern wollten bloß den Verkauf der Pferde verhindern. Doch so leicht ließ der Kommissar sich nicht abwimmeln. Als Laura, Noah und Nick aus dem Pferdestall kamen, stand sein Auto bereits vor dem Wohnhaus.

»Wir gehen rein«, sagte Nick entschlossen. »Nur Mut!«

Kommissar Koslowsky, Bauer Jakobs, Piet, Nette und Manuel saßen in der Diele vor dem Kamin. Weil kein Sessel mehr frei war, hockten sich Laura und ihre Freunde einfach auf den Teppich.

Der Bauer berichtete gerade von der verstellten Frauenstimme am Telefon, von Lauras Anruf bei ihrem Bruder und dessen Anruf bei Piet und dass die beiden sich dann mit einer fremden Person beim Sendemast getroffen hätten.

»Hat die Frau mit der verstellten Stimme den Treffpunkt vorgegeben?«, fragte der Hauptkommissar.

Nick meldete sich zu Wort. »Ja, mir. Sie wollte unbedingt mit mir sprechen. Keine Ahnung, warum.«

»Und was geschah am Treffpunkt?« Kommissar Koslowsky zeigte mit dem Kugelschreiber auf Piet. »Wartete diese fremde Person dort schon mit dem Pferd auf Sie? Was hat sie gesagt? Wie sah sie aus?«

»Sie wartete schon auf uns. Am Zaun vor dem Gebäude vom Sender.« Piet zuckte mit den Schultern. »Wie sie aussah? Es war ja halbdunkel und diesig und die Gestalt war vermummt. Hatte den Schal bis über die Nase gezogen. Ich weiß nicht mal, ob's ein Mann oder eine Frau war. Gesagt hat die Person nichts.«

»So war's«, bestätigte Manuel. »Hat bloß in eine Richtung gezeigt und ist ruckzuck verschwunden. Ich hab noch gehört, wie ein Automotor angesprungen ist. Wir sind dann in die angezeigte Richtung gelaufen und da haben wir dann das Pferd gesehen. Elaria war an einem Baum angebunden.«

Bauer Jakobs brummte: »Da haben sich wohl ein paar Leute einen blöden Scherz mit mir erlaubt. Aber nun hat sich das ja erledigt.«

»So einfach sollte man sie nicht davonkommen lassen!« Kommissar Koslowsky war sauer. »Haben Sie irgendeinen Verdacht, Herr Jakobs? Wer könnten die Täter gewesen sein?«

Schnell antwortete Nick: »Das wird wahrscheinlich für immer ein Geheimnis bleiben.«

»Du und deine Sprüche!« Kommissar Koslowsky sah Nick aus zusammengekniffenen Augen an. »Ich glaube, dass ihr irgendwie in den Fall verwickelt seid, ihr drei Trickser.«

Laura, Noah und Nick taten empört. »Wir sind doch keine Trickser!«

Der Kripobeamte grinste nur.

Nette musste nach Hause. Piet fuhr bei ihr mit, er musste ja noch sein Auto vom Parkplatz abholen. Auch Manuel schloss sich ihnen an, um doch noch bei Lukas aufzutauchen. Sie alle verabredeten sich für den nächsten Nachmittag.

Laura und die Jungs machten sich schließlich ebenfalls auf den Weg nach Billerbeck. Sie waren sehr müde, aber auch sehr glücklich.

»Wir haben einen verdammt guten Job gemacht«, sagte Noah.

Das konnten Nick und Laura nur bestätigen.

Am Sonntagnachmittag trafen sich alle wieder auf dem Bauernhof. Zuerst beschmusten sie im Stall die fünf Pferde und fütterten sie mit Äpfeln und Möhren, dann holten sie Holzscheite aus dem Schuppen und entzündeten ein Freudenfeuer im Schnee. Nette und Piet hatten in der Küche Waffeln gebacken, auf die sich alle sofort stürzten.

Bauer Jakobs, der das Treiben auf seinem Hof erlaubt, aber selbst nicht daran teilgenommen hatte, erschien plötzlich überraschend am Feuer. »Ich bin zwar ein alter Mann, aber ich bin nicht vertrottelt. Von Anfang an hab ich gewusst, dass Piet und Manuel Elaria entführt hatten – und dass ihr anderen ihre Komplizen wart. Wollte ich bloß mal gesagt haben. Keine Angst, ich verpfeif euch nicht. Immerhin habt ihr mich so dazu gebracht, meine Pferde zu behalten und mir mit eurer Idee wieder ein Stück Freude gegeben. Und nun feiert schön!«

Alle jubelten nach dieser Nachricht und später stampfte die Clique große Buchstaben in den Schnee vor dem Haus – eine Botschaft für Bauer Jakobs:

FROHE WEIHNACHTEN!

Jo Pestum

Die falschen Rauschgoldengel
Ein Weihnachtskrimi in 24 Kapiteln

Als Josa eines Abends im Kloster Licht brennen sieht, wird er sofort misstrauisch – es ist doch seit Langem verboten, die Ruinen zu betreten?! Zusammen mit seinem besten Freund Simon nimmt er die alten Gemäuer unter die Lupe und findet dort seltsame Engelsgewänder. Schnell kombinieren die zwei Detektive, dass dahinter kriminelle Machenschaften stecken müssen. Und dann sehen sie eine Gruppe von Engeln auf dem Weihnachtsmarkt …

Arena
200 Seiten
Gebunden • Mit perforierten, geschlossenen Seiten
ISBN 978-3-401-60148-9
www.arena-verlag.de

Jo Pestum

Weihnachtsspuk um Mitternacht
Ein Weihnachtskrimi in 24 Kapiteln

David ist entsetzt: Bei seiner Oma Tilde spukt nachts ein riesiger Engel und singt schrecklich schräge Weihnachtslieder. Zum Fürchten findet er das! Zusammen mit Marie, Nana und Fabian macht David sich auf die Jagd nach der unheimlichen Erscheinung und begegnet dabei rätselhaften Dunkelmännern, schmierigen Immobilienhändlern und skrupellosen Trickbetrügern.

200 Seiten • Arena Taschenbuch
Mit perforierten,
geschlossenen Seiten
ISBN 978-3-401-50484-1
www.arena-verlag.de

Jo Pestum

Die Lametta-Bande
Ein Weihnachtskrimi in 24 Kapiteln

Philipp und Lutz wollten eigentlich nur zelten – im Winter, mit Schnee und Würstchengrillen am Lagerfeuer. Aber dann treiben Tierdiebe ihr Unwesen und die beiden Jungen stecken mitten im Abenteuer. Ob sie den Erpressern rechtzeitig auf die Spur kommen können? Die Angst um die entführten Hunde und Katzen spornt die Detektive zu einer aufregenden Suche an.

Arena | 200 Seiten • Arena Taschenbuch
Mit perforierten, geschlossenen Seiten
ISBN 978-3-401-50770-5
www.arena-verlag.de

Jo Pestum

Die Jagd nach dem Weihnachtsgespenst
Ein Weihnachtskrimi in 24 Kapiteln

Im Laden der netten Frau Käfer geht es nicht mit rechten Dingen zu, das spürt Lisa genau. Die sonst so fröhliche Dame wirkt plötzlich ängstlich und nervös. Als Frau Käfers Kater spurlos verschwindet, weiß Lisa, dass ihr detektivischer Spürsinn gefragt ist. Zum Glück hat sie Freunde, die ihr bei den Ermittlungen helfen. Im Schneegestöber beobachten sie eine unheimliche Gestalt. Steckt hinter all dem etwa ein Gespenst ...?

Arena
200 Seiten • Gebunden
Mit perforierten,
geschlossenen Seiten
ISBN 978-3-401-60037-6
www.arena-verlag.de